# ブラック

山田悠介／著
わんにゃんぷー／イラスト



★小学館ジュニア文庫★

# 目次《もくじ》
CONTENTS

# 第《だい》一《いち》話《わ》 サイクルヒット

九月十五日月曜日《くがつじゅうごにちげつようび》、退院《たいいん》から早《はや》くも三日《みっか》が経《た》ったが、この日《ひ》も俊太《しゅんた》は自分《じぶん》の部屋《へや》から出《で》てくることはなかった。明《あ》かりもつけず、ずっと部屋《へや》の中央《ちゅうおう》に座《すわ》ったままである。

俊太《しゅんた》を励《はげ》まし、部屋《へや》から出《で》てくるよう説得《せっとく》していた両親《りょうしん》と、小学六年生《しょうがくろくねんせい》の弟《おとうと》、智也《ともや》が諦《あきら》めてリビングに戻《もど》ると、一階奥《いっかいおく》にある俊太《しゅんた》の部屋《へや》の前《まえ》はシンと静《しず》まりかえった。

俊太《しゅんた》はカーテンの隙間《すきま》から見《み》える夜空《よぞら》をぼんやりと眺《なが》めている。

六畳《ろくじょう》の部屋《へや》にはたくさんの野球道具《やきゅうどうぐ》が置《お》かれ、壁《かべ》には所狭《ところせま》しと賞状《しょうじょう》が並《なら》んでいる。その横《よこ》には今年《ことし》の夏《なつ》、全日本中学野球選手権大会《ぜんにほんちゅうがくやきゅうせんしゅけんたいかい》で優勝《ゆうしょう》したときにチームメイトと撮《と》った写真《しゃしん》がケースに収《おさ》められていた。

勉強机《べんきょうづくえ》には、『ある』野球選手《やきゅうせんしゅ》と一緒《いっしょ》に撮《と》った写真《しゃしん》と、サイン色紙《しきし》が飾《かざ》られている。

俊太《しゅんた》はふと、床《ゆか》に落《お》ちている軟球《なんきゅう》に視線《しせん》を落《お》とした。

ずっとボールを握《にぎ》っていなかった俊太《しゅんた》は無性《むしょう》にボールが握《にぎ》りたくなり、車《くるま》イスに座《すわ》りながらボールを拾《ひろ》おうと手《て》を伸《の》ばした。

しかし、届《とど》かない。

指先《ゆびさき》に神経《しんけい》を集中《しゅうちゅう》させ、何《なん》とか拾《ひろ》おうと頑張《がんば》るが、今度《こんど》は車《くるま》イスが動《うご》いてしまい、拾《ひろ》うどころかボールから遠《とお》ざかってしまった。

俊太《しゅんた》は、自分《じぶん》が座《すわ》っている車《くるま》イスを拳《こぶし》で思《おも》い切《き》り殴《なぐ》った。できることなら車《くるま》イスを滅《め》茶苦茶《ちゃくちゃ》に壊《こわ》してしまいたいが、それもできない。

拳《こぶし》にジンと痛《いた》みが走《はし》り、今度《こんど》は自分《じぶん》の右足《みぎあし》を思《おも》い切《き》り殴《なぐ》った。しかし、まったく痛《いた》みを感《かん》じないのだ。

皮膚《ひふ》に赤《あか》く痕《あと》が残《のこ》るだけ。

俊太《しゅんた》は、動《うご》かなくなった両足《りょうあし》を悔《くや》しそうに見《み》つめながら、自分《じぶん》がバッターボックスに立《た》つ姿《すがた》を思《おも》い浮《う》かべた。

九回裏《きゅうかいうら》ツーアウト満塁《まんるい》。試合《しあい》は三対六《さんたいろく》で負《ま》けている。

バッター、四番《よばん》、サード、里崎俊太《さとざきしゅんた》。

カウントはスリーボール、ツーストライク。

相手《あいて》ピッチャーがキャッチャーとサインを決《き》め、うなずいた。

ピッチャーが振《ふ》りかぶり、渾身《こんしん》のストレートを投《な》げた。

外角高《がいかくたか》めの絶好球《ぜっこうきゅう》。

伸《の》びてくる球《たま》を、完璧《かんぺき》にとらえた。

金属音《きんぞくおん》が球場《きゅうじょう》に響《ひび》き、白球《はっきゅう》がスタンドに入《はい》った。

逆転《ぎゃくてん》サヨナラ満塁《まんるい》ホームラン。

大歓声《だいかんせい》が沸《わ》き起《お》こる。

ホームベースを踏《ふ》んだ瞬間《しゅんかん》、ベンチからチームメイトが駆《か》け寄《よ》ってくる。

俊太《しゅんた》はそこで現実《げんじつ》に戻《もど》った。

過去《かこ》を振《ふ》り返《かえ》ったって、虚《むな》しくなるだけだと思《おも》った。

俊太《しゅんた》は車《くるま》イスを動《うご》かし、床《ゆか》に落《お》ちているボールを、今度《こんど》はしっかりと手《て》に取《と》った。

ボールを見《み》つめる俊太《しゅんた》の目《め》から涙《なみだ》が溢《あふ》れ、ボールに一滴《いってき》の涙《なみだ》がこぼれた。

もう、何《なに》もかも終《お》わりだと思《おも》った。

一生《いっしょう》野球《やきゅう》はできないし、これから辛《つら》い人生《じんせい》が待《ま》っているだけだ。

生《い》きていたってしかたないよ……。

俊太《しゅんた》は、ふと扉《とびら》のほうに視線《しせん》を向《む》けた。

取《と》っ手《て》に白《しろ》いタオルがかかっていることを、両親《りょうしん》たちはまだ知《し》らない……。

＊　＊　＊

球場《きゅうじょう》に『六番《ろくばん》、ファースト、大村《おおむら》』とアナウンスが流《なが》れると、スタンドからわずかながら拍手《はくしゅ》が起《お》こった。

一軍《いちぐん》の試合《しあい》とは違《ちが》い、二軍《にぐん》の試合《しあい》は地味《じみ》なものだ。

背番号《せばんごう》『36』をつけた大村明《おおむらあきら》が、ネクストバッターズサークルからバッターボックス

に立《た》つと、相手《あいて》チームの客席《きゃくせき》から、

「よっ、出《で》ました中年《ちゅうねん》バッター」

とヤジが飛《と》んだ。

客《きゃく》は大村《おおむら》を馬鹿《ばか》にしたように笑《わら》うが、大村《おおむら》はヤジなど一切気《いっさいき》にせず、真剣《しんけん》な表情《ひょうじょう》で電《でん》光掲示板《こうけいじばん》を見《み》た。

大村《おおむら》が所属《しょぞく》する横浜《よこはま》ブラックソックスは、仙台《せんだい》フェニックスに三対二《さんたいに》で負《ま》けている。

試合《しあい》は九回《きゅうかい》の裏《うら》、ツーアウト二塁三塁《にるいさんるい》。大村《おおむら》がヒットを打《う》てば逆転《ぎゃくてん》サヨナラだ。

しかし二軍《にぐん》の試合《しあい》のため、客席《きゃくせき》からはまったく緊張感《きんちょうかん》が伝《つた》わってこない。

大村《おおむら》は力強《ちからづよ》く素振《すぶ》りをし、相手《あいて》ピッチャーを鋭《するど》く見据《みす》えた。

ピッチャーは高校《こうこう》を出《で》たばかりの若造《わかぞう》だ。

こんなルーキーピッチャーに負《ま》けてたまるか。

大村《おおむら》はバットを目一杯《めいっぱい》長《なが》く持《も》ち、構《かま》えた。

ヒットでサヨナラだが、単《たん》なるヒットでは大村《おおむら》のプライドが許《ゆる》さなかった。

狙《ねら》うはホームランだ。ホームランを打《う》てば試合《しあい》に勝《か》てるだけでなく、また一軍《いちぐん》に戻《もど》ることだってできる。

ピッチャーがキャッチャーのサインにうなずき、大《おお》きく振《ふ》りかぶった。そして初球《しょきゅう》を投《とう》じた。

球《たま》は外角《がいかく》から変化《へんか》し、キャッチャーのミットに収《おさ》まった。

球審《きゅうしん》がすかさず右腕《みぎうで》を上《あ》げ、

「ストライク！」

と告《つ》げた。

大村《おおむら》は判定《はんてい》に納得《なっとく》し、いったん足場《あしば》を作《つく》り直《なお》し、バットを構《かま》えた。

大村《おおむら》は二球目《にきゅうめ》も変化球《へんかきゅう》でくると予測《よそく》している。

その予測《よそく》どおり、もう一度《いちど》変化球《へんかきゅう》がきた。

しかし大村《おおむら》は打《う》つどころか振《ふ》ることさえせず、ストライクを取《と》られ早《はや》くも追《お》い込《こ》まれた。

三球目《さんきゅうめ》、ピッチャーは一球外《いっきゅうはず》し、次《つぎ》の四球目《よんきゅうめ》で勝負《しょうぶ》してくる様子《ようす》であった。

大村《おおむら》は、最後《さいご》はストレートで勝負《しょうぶ》してくると踏《ふ》んでいる。

白球《はっきゅう》が場外《じょうがい》にまで飛《と》ぶイメージを思《おも》い描《えが》き、大村《おおむら》は構《かま》えた。

ピッチャーがサインを決《き》め、振《ふ》りかぶり、そして四球目《よんきゅうめ》を投《な》げた。

球《たま》は真《ま》っ直《す》ぐに伸《の》びてくる。

狙《ねら》いどおりストレートだ。

大村《おおむら》はしっかりとボールを見《み》て、力強《ちからづよ》く振《ふ》った。

しかしバットに擦《かす》りもせず、ボールはキャッチャーミットに収《おさ》まり、球審《きゅうしん》が、

「バッターアウト！　ゲームセット！」

と叫《さけ》んだ。

大村《おおむら》はアウトを告《つ》げられても、しばらくバッターボックスから動《うご》けなかった。

ストレート一本《いっぽん》に絞《しぼ》っていたにもかかわらず、大《おお》きく振《ふ》り遅《おく》れていたのが自分《じぶん》でも分《わ》かったからだ。

さらにショックなのは、電光掲示板《でんこうけいじばん》に球速《きゅうそく》が『139km《キロメートル》』と表示《ひょうじ》されていたことである。

そんな平凡《へいぼん》なストレートを、空振《からぶ》りした……。

いや、最後《さいご》の球《たま》だけではない。実《じつ》は初球《しょきゅう》と二球目《にきゅうめ》は、様子《ようす》を見《み》たのではなく、反応《はんのう》できなかったのだ。

大村《おおむら》は悔《くや》しさが込《こ》み上《あ》げるが、感情《かんじょう》を表《おもて》に出《だ》す気力《きりょく》すらなかった。

かつては横浜《よこはま》の不動《ふどう》の四番打者《よばんだしゃ》であり、幾度《いくど》もホームラン王《おう》に輝《かがや》いたことのあるスーパースターであった自分《じぶん》が、二軍《にぐん》のピッチャーの球《たま》すら打《う》てなくなった現実《げんじつ》が悲《かな》しく、そして辛《つら》かった。

大村《おおむら》はバットをダラリと提《さ》げながらベンチに戻《もど》っていく。横浜側応援《よこはまがわおうえん》スタンドの客《きゃく》たちは、大村《おおむら》の小《ちい》さな背中《せなか》を寂《さび》しそうに、そして哀《あわ》れむように見《み》つめていた……。

大村《おおむら》はこの日《ひ》、自宅《じたく》に帰《かえ》る前《まえ》に保土ケ谷《ほどがや》にある墓地《ぼち》に寄《よ》った。

大村《おおむら》は、『大村家之墓《おおむらけのはか》』と彫《ほ》られた墓《はか》の前《まえ》で足《あし》を止《と》めると中腰《ちゅうごし》になり、右手《みぎて》に持《も》っている花《はな》をそっと置《お》くと、手《て》を合《あ》わせた。

ここには、大村《おおむら》の両親《りょうしん》が眠《ねむ》っている。

父親《ちちおや》が死《し》んだのは、大村《おおむら》が小学五年生《しょうがくごねんせい》のときだった。肺癌《はいがん》だった。

タバコと酒《さけ》、そして何《なに》より野球《やきゅう》が大好《だいす》きな父《ちち》だった。

野球《やきゅう》を始《はじ》めたのは父《ちち》の影響《えいきょう》であり、野球《やきゅう》を教《おし》えてくれたのも父《ちち》だった。

大村《おおむら》はすぐに才能《さいのう》を開花《かいか》させ、小学五年生《しょうがくごねんせい》のころにはすでに周《まわ》りから将来《しょうらい》を期待《きたい》されていた。

父親《ちちおや》はあえて口《くち》にはしなかったが、大村《おおむら》がプロ野球選手《やきゅうせんしゅ》になるのを心《こころ》の底《そこ》から楽《たの》しみにしていたに違《ちが》いない。

父親《ちちおや》が死《し》んで一番《いちばん》苦労《くろう》したのは母親《ははおや》だった。

若《わか》くして、女手《おんなで》一《ひと》つで一人息子《ひとりむすこ》を育《そだ》てることになった母《はは》は毎日《まいにち》のように働《はたら》きに出《で》て、必死《ひっし》の思《おも》いで家計《かけい》を支《ささ》えていた。

大村自身《おおむらじしん》も子供《こども》ながらに生活《せいかつ》が苦《くる》しいことは感《かん》じており、一度《いちど》だけ母《はは》にこう尋《たず》ねたことがある。

『お金《かね》、ないんでしょ？　僕《ぼく》、野球《やきゅう》止《や》めようか？』と。

すると母《はは》は笑顔《えがお》でこう言《い》った。

『明《あきら》が野球《やきゅう》を止《や》めたら、お母《かあ》さんの楽《たの》しみがなくなっちゃうじゃない、明《あきら》が心配《しんぱい》することはないの。大好《だいす》きな野球《やきゅう》を止《や》めることはないのよ』と。

大村《おおむら》はこの言葉《ことば》を胸《むね》に、毎日必死《まいにちひっし》になって練習《れんしゅう》に打《う》ち込《こ》んだ。

本当《ほんとう》は相当《そうとう》な負担《ふたん》だったろうが、何不自由《なにふじゆう》なく野球《やきゅう》を続《つづ》けられたのは全《すべ》て母《はは》のおかげであり、そんな母親《ははおや》の姿《すがた》を見《み》ながら育《そだ》った大村《おおむら》は、将来母親《しょうらいははおや》に楽《らく》をさせてやるために、必《かなら》ずプロ野球選手《やきゅうせんしゅ》になると誓《ちか》ったのだ。

それから七年後《しちねんご》、大村《おおむら》は横浜《よこはま》からドラフト一位指名《いちいしめい》を受《う》け高校卒業《こうこうそつぎょう》と同時《どうじ》にブラックソックスに入団《にゅうだん》。そして開幕一軍《かいまくいちぐん》を勝《か》ち取《と》ったのである。

それだけではない。その年《とし》、大村《おおむら》は三十六本《さんじゅうろっぽん》のホームランを記録《きろく》したのだ。

ルーキーで三十六本《さんじゅうろっぽん》という数字《すうじ》は日本《にほん》プロ野球史上初《やきゅうしじょうはつ》の快挙《かいきょ》であり、未《いま》だにこの記録《きろく》は破《やぶ》られていない。

翌年《よくとし》のシーズンから、大村《おおむら》は毎年三十六本《まいとしさんじゅうろっぽん》以上《いじょう》のホームランを打《う》てるようにと願《ねが》いを込《こ》めて、背番号《せばんごう》『36』をつけた。

それは母《はは》との約束《やくそく》でもあり、大村《おおむら》は約束《やくそく》どおり毎年三十六本《まいとしさんじゅうろっぽん》以上《いじょう》のホームランを放《はな》ち、過去《かこ》に四度《よんど》ホームラン王《おう》に輝《かがや》き、五度《ごど》のリーグ優勝《ゆうしょう》、そして三度《さんど》の日本一《にほんいち》にも貢献《こうけん》した。

母《はは》は大村《おおむら》の一番《いちばん》のファンであり、大村《おおむら》の活躍《かつやく》を一番《いちばん》に喜《よろこ》んでくれた。

そんな母《はは》が、一年半前《いちねんはんまえ》に亡《な》くなった。

胃癌《いがん》だった。

いつも陰《かげ》で支《ささ》えてくれた母《はは》が死《し》に、大村《おおむら》は立《た》ち直《なお》るまでに長《なが》い時間《じかん》を要《よう》したが、母親《ははおや》のためにも今《いま》までどおり三十六本《さんじゅうろっぽん》以上《いじょう》のホームランを打《う》つことを約束《やくそく》したのだ。

しかし、その年《とし》から急《きゅう》に打《う》てなくなった。まるで別人《べつじん》のように……。

スランプは一時的《いちじてき》なものかと思《おも》っていたが、今《いま》もなお大村《おおむら》は真《ま》っ暗闇《くらやみ》のトンネルの中《なか》だ。

大村《おおむら》は三十六本《さんじゅうろっぽん》以上《いじょう》のホームランを打《う》つため必死《ひっし》の思《おも》いで練習《れんしゅう》を重《かさ》ねた。

しかし、どうしても打《う》てないのだ。『36』という数字《すうじ》を超《こ》えたのは、年齢《ねんれい》だけである。

先月三十七歳《せんげつさんじゅうななさい》を迎《むか》えた大村《おおむら》は最近《さいきん》こう思《おも》うようになった。

自分《じぶん》が打《う》てなくなったのはスランプではなく、単《たん》なる衰《おとろ》えなのではないかと……。

まだまだ現役《げんえき》を諦《あきら》めたくはないが、三十七歳《さんじゅうななさい》で再起《さいき》するのは相当難《そうとうむずか》しい。

墓石《ぼせき》を見《み》つめる大村《おおむら》の脳裏《のうり》にふと、百三十九《ひゃくさんじゅうきゅう》キロのストレートすら打《う》つことができなかった自分《じぶん》の姿《すがた》が過《よぎ》った。

大村《おおむら》は亡《な》き父《ちち》と母《はは》に、無意識《むいしき》のうちにこう問《と》うていた。

「父《とう》ちゃん、母《かあ》ちゃん、俺《おれ》そろそろ、潮時《しおどき》かな……」


その翌日《よくじつ》のことであった。

午後《ごご》の練習《れんしゅう》を終《お》えると広報《こうほう》の人間《にんげん》がやってきて茶封筒《ちゃぶうとう》を手渡《てわた》された。

「大村《おおむら》さん、ファンレターですよ」

大村《おおむら》は、感謝《かんしゃ》の思《おも》いで茶封筒《ちゃぶうとう》を見《み》つめた。一軍《いちぐん》で活躍《かつやく》していたころは毎日《まいにち》たくさんのファンレターが届《とど》いていたが、二軍《にぐん》に落《お》ちたとたん一気《いっき》に減《へ》り、今《いま》では一ヶ月《いっかげつ》に一通届《いっつうとど》けば良《よ》いほうである。

茶封筒《ちゃぶうとう》の裏《うら》には『東京《とうきょう》都世田谷区砧《とせたがやくきぬた》……里崎加世子《さとざきかよこ》』と記《しる》されている。

大村《おおむら》は早速封筒《さっそくふうとう》を開《あ》け、中《なか》に入《はい》っている便箋《びんせん》を抜《ぬ》き取《と》った。

『初《はじ》めまして大村明様《おおむらあきらさま》、突然《とつぜん》お手紙《てがみ》を差《さ》し上《あ》げる失礼《しつれい》をお許《ゆる》しください。東京都《とうきょうと》に住《す》む里崎加世子《さとざきかよこ》と申《もう》します。不躾《ぶしつけ》ではございますが、大村選手《おおむらせんしゅ》に家族《かぞく》の問題《もんだい》で相談《そうだん》に乗《の》っていただきたく、お手紙《てがみ》を送《おく》らせていただきました』

ファンレターだと思《おも》い込《こ》んでいた大村《おおむら》の顔色《かおいろ》が変《か》わった。

『私《わたし》には、十五歳《じゅうごさい》になる息子《むすこ》がおります。先月《せんげつ》まで、ジュニアベースボールチームに入《はい》っておりました』

大村《おおむら》は、『入《はい》っていた』という部分《ぶぶん》が気《き》になった。相談事《そうだんごと》というのは、どうやらこの十五歳《じゅうごさい》の息子《むすこ》のことのようである。

『四歳《よんさい》から野球《やきゅう》を習《なら》い始《はじ》めた息子《むすこ》は、今年《ことし》の夏《なつ》、念願《ねんがん》の全国大会《ぜんこくたいかい》で優勝《ゆうしょう》を果《は》たしました。本当《ほんとう》に野球《やきゅう》が大好《だいす》きな子《こ》で、将来《しょうらい》プロ野球選手《やきゅうせんしゅ》になるのが夢《ゆめ》だったのです。しかし一ケ月前《いっかげつまえ》、自転車《じてんしゃ》に乗《の》っていたところを乗用車《じょうようしゃ》に撥《は》ね飛《と》ばされ、下半身不随《かはんしんふずい》となってしまったのです』

大村《おおむら》は息《いき》をのんだ。

「下半身《かはんしん》、不随《ふずい》……」

『一生野球《いっしょうやきゅう》ができない身体《からだ》となってしまった息子《むすこ》は誰《だれ》とも口《くち》を利《き》かず、退院《たいいん》して以来《いらい》部《へ》屋《や》から出《で》てこず、私《わたし》たち家族《かぞく》は、心配《しんぱい》で眠《ねむ》れぬ日々《ひび》が続《つづ》いております』

大村《おおむら》の脳裏《のうり》に、車《くるま》イスに座《すわ》る少年《しょうねん》の寂《さび》しい後《うし》ろ姿《すがた》が浮《う》かんだ。

『そこで大村選手《おおむらせんしゅ》にお願《ねが》いがあります。どうか、息子《むすこ》を救《すく》っていただけないでしょうか。息子《むすこ》は昔《むかし》から大村選手《おおむらせんしゅ》の大《だい》ファンで、大村選手《おおむらせんしゅ》のような野球選手《やきゅうせんしゅ》になることを夢見《ゆめみ》て一生懸命頑張《いっしょうけんめいがんば》ってきたのです。

お忙《いそが》しいのは重々承知《じゅうじゅうしょうち》しておりますが、もし大村選手《おおむらせんしゅ》に励《はげ》ましていただけたら、息子《むすこ》もきっと、これからの人生《じんせい》に希望《きぼう》を持《も》って生《い》きていけると思《おも》います。どうぞ、よろしくお願《ねが》いいたします』

日付《ひづけ》の下《した》には、母親《ははおや》のものと思《おも》われる携帯番号《けいたいばんごう》が記《しる》されてあった。

手紙《てがみ》を読《よ》み終《お》えた大村《おおむら》は、苦《くる》しそうに息《いき》を吐《は》いた。

野球《やきゅう》ができなくなってしまった少年《しょうねん》を不憫《ふびん》に思《おも》う大村《おおむら》としては、今《いま》すぐにでも少年《しょうねん》のもとに行《い》ってやりたい。

しかし……。

大村《おおむら》は、便箋《びんせん》を封筒《ふうとう》の中《なか》に戻《もど》した。

果《は》たして今《いま》の自分《じぶん》に、少年《しょうねん》に勇気《ゆうき》を与《あた》え、立《た》ち直《なお》らせるだけの力《ちから》があるだろうか？

母親《ははおや》は自分《じぶん》に助《たす》けを求《もと》めているが、少年《しょうねん》は、打《う》てなくなった自分《じぶん》にはもう興味《きょうみ》などないのではないか。

大村《おおむら》は、封筒《ふうとう》をポケットにしまおうとした。が、思《おも》い留《とど》まり、封筒《ふうとう》の中《なか》から再《ふたた》び便箋《びんせん》を取《と》り出《だ》すと、少年《しょうねん》が自分《じぶん》の大《だい》ファンである、という部分《ぶぶん》をもう一度《いちど》読《よ》み返《かえ》した。

二軍《にぐん》の落《お》ちぶれた自分《じぶん》でも、まだファンでいてくれているのだろうか……。

こんな自分《じぶん》でもいいなら、ぜひ少年《しょうねん》の力《ちから》になってやりたい……。


大村《おおむら》はすぐに母親《ははおや》と連絡《れんらく》を取《と》り、その翌日《よくじつ》、試合後《しあいご》に里崎家《さとざきけ》へと向《む》かった。

里崎家《さとざきけ》はごくごく普通《ふつう》の一戸建《いっこだ》てで、大村《おおむら》はインターホンを鳴《な》らす前《まえ》、玄関《げんかん》からかろうじて見《み》える奥《おく》の部屋《へや》に注目《ちゅうもく》した。

まだ明《あか》るいというのに、その部屋《へや》だけカーテンが閉《し》まっている。

大村《おおむら》がインターホンを鳴《な》らすとすぐに母親《ははおや》が出《で》てきた。

「初《はじ》めまして、大村《おおむら》です」

大村《おおむら》の姿《すがた》を見《み》るなり、母親《ははおや》は目《め》を潤《うる》ませた。

「本当《ほんとう》に、来《き》てくださったんですね」

母親《ははおや》は大村《おおむら》に深々《ふかぶか》と頭《あたま》を下《さ》げた。

「ありがとうございます。本当《ほんとう》にありがとうございます。息子《むすこ》もきっと、喜《よろこ》びます。さあどうぞ」

大村《おおむら》は用意《ようい》してもらったスリッパを履《は》くと、母親《ははおや》に尋《たず》ねた。

「そういえば、まだ息子《むすこ》さんの名前《なまえ》を聞《き》いていませんでした」

母親《ははおや》は玄関《げんかん》から真《ま》っ直《す》ぐ延《の》びる廊下《ろうか》の中《なか》ほどで振《ふ》り返《かえ》り、

「俊太《しゅんた》といいます」

「俊太《しゅんた》くんですね、分《わ》かりました」

大村《おおむら》は余裕《よゆう》の態度《たいど》であるが、内心《ないしん》かなり緊張《きんちょう》している。正直《しょうじき》、少年《しょうねん》の反応《はんのう》が怖《こわ》かった。

奥《おく》に進《すす》み、母親《ははおや》が俊太《しゅんた》の部屋《へや》の扉《とびら》をノックした。

「俊太《しゅんた》、俊太《しゅんた》、あなたのために、大村選手《おおむらせんしゅ》が来《き》てくださったわよ」

「……」

「俊太《しゅんた》くん、開《あ》けてくれないかな」

大村《おおむら》が声《こえ》をかけても無言《むごん》のままであったが、数秒後《すうびょうご》、カチリと音《おと》がして扉《とびら》が開《あ》いた。

大村《おおむら》は、車《くるま》イスに座《すわ》る俊太《しゅんた》に微笑《ほほえ》みかけた。

「こんにちは、俊太《しゅんた》くん」

大村《おおむら》の姿《すがた》を見《み》るなり、俊太《しゅんた》は心底驚《しんそこおどろ》いた表情《ひょうじょう》を見《み》せ、

「ほ、本物《ほんもの》？」

とつぶやいた。

「どう見《み》ても本物《ほんもの》だろ」

「嘘《うそ》だろ、どうして大村選手《おおむらせんしゅ》が……」

俊太《しゅんた》は、夢《ゆめ》なのではないかと自身《じしん》に問《と》うているようであった。

「俊太《しゅんた》くん、俺《おれ》と少《すこ》し話《はなし》をしないか」

俊太《しゅんた》は母親《ははおや》を一瞥《いちべつ》し、うつむきながらこう言《い》った。

「大村選手《おおむらせんしゅ》だけなら、いいですよ」

母親《ははおや》はその言葉《ことば》を予測《よそく》していたように、

「お願《ねが》いします」

と大村《おおむら》に言《い》った。大村《おおむら》は無言《むごん》でうなずき、部屋《へや》の中《なか》に入《はい》った。

俊太《しゅんた》の部屋《へや》に入《はい》ってまず目《め》についたのは、野球道具《やきゅうどうぐ》やたくさんの賞状《しょうじょう》である。しかし、大村《おおむら》はあえてそこには触《ふ》れなかった。

大村《おおむら》は野球《やきゅう》ができなくなってしまった俊太《しゅんた》を気《き》の毒《どく》に思《おも》うが、一切表情《いっさいひょうじょう》には出《だ》さず、改《あらた》めて挨拶《あいさつ》した。

「初《はじ》めまして俊太《しゅんた》くん」

俊太《しゅんた》は伏《ふ》し目《め》がちのまま言《い》った。

「僕《ぼく》は、初《はじ》めましてじゃないですよ」

「え？」

俊太《しゅんた》は、勉強机《べんきょうづくえ》に視線《しせん》を向《む》けた。

大村《おおむら》は、まだ幼《おさな》い俊太《しゅんた》と自分《じぶん》が一緒《いっしょ》に写《うつ》っている写真《しゃしん》に気《き》づいた。その隣《となり》には、直筆《じきひつ》のサイン色紙《しきし》が飾《かざ》られている。

それを見《み》た大村《おおむら》は胸《むね》が熱《あつ》くなった。

「そうか、もうとっくの昔《むかし》に俺《おれ》たち会《あ》っていたんだな」

「……」

大村《おおむら》はもう一度《いちど》写真《しゃしん》とサイン色紙《しきし》を見《み》て、

「ありがとう俊太《しゅんた》くん」

いろいろな意味《いみ》を込《こ》めて言《い》った。

「それより、どうして大村選手《おおむらせんしゅ》が？」

うつむき加減《かげん》のまま、俊太《しゅんた》は言《い》った。

「昨日《きのう》、お母《かあ》さんから手紙《てがみ》をもらったんだよ」

「そう……」

「ずっと、部屋《へや》から出《で》ていないんだって？」

「……」

「メシ、食《た》べてないんじゃないのか？」

憔悴《しょうすい》した俊太《しゅんた》を一目見《ひとめみ》れば分《わ》かることであった。

「みんな、心配《しんぱい》してるぞ」

俊太《しゅんた》は大村《おおむら》を一瞥《いちべつ》し、

「別《べつ》に、どうだっていいよ」

投《な》げやりな口調《くちょう》で言《い》った。

「なぜどうだっていいんだ？」

俊太《しゅんた》は自分《じぶん》の両足《りょうあし》を見《み》ながら言《い》った。

「聞《き》かなくても、分《わ》かるだろう？」

大村《おおむら》は思《おも》わず言葉《ことば》に詰《つ》まった。

「あんな事故《じこ》に遭《あ》わなきゃ、野球《やきゅう》……」

大村《おおむら》は、どんな言葉《ことば》をかけてやればよいのか、分《わ》からなかった。

俊太《しゅんた》は涙《なみだ》を拭《ぬぐ》い、叫《さけ》んだ。

「こんな足《あし》じゃ何《なに》もできない。だからもう、何《なに》もかもどうだっていいんだよ」

「そんな言《い》い方《かた》したら、みんな悲《かな》しむぞ」

「別《べつ》に……」

「俊太《しゅんた》くん、俺《おれ》は俊太《しゅんた》くんに、負《ま》けないでほしい。これからさまざまな困難《こんなん》が待《ま》っているだろうが、自分《じぶん》に負《ま》けないでほしいんだ」

「大村選手《おおむらせんしゅ》に、僕《ぼく》の気持《きも》ちが……」

「俺《おれ》も闘《たたか》ってる」

俊太《しゅんた》の言葉《ことば》を遮《さえぎ》って言《い》った。

「今自分《いまじぶん》と闘《たたか》ってる。なあ俊太《しゅんた》くん、一緒《いっしょ》に闘《たたか》わないか？」

「もう、打《う》てないじゃないか」

静《しず》かな声《こえ》だったが、大村《おおむら》の胸《むね》に鋭《するど》く突《つ》き刺《さ》さった。

「あのころのようにはもう、無理《むり》だよ。仮《かり》に復活《ふっかつ》できたとしても……」

「しても？」

「もう遅《おそ》いよ」

「何《なに》が、遅《おそ》いんだ」

緊張《きんちょう》交《ま》じりの声《こえ》で問《と》うた。すると俊太《しゅんた》はこう答《こた》えた。

「もう、死《し》のうと思《おも》っているからさ」

廊下《ろうか》で二人《ふたり》の会話《かいわ》を聞《き》いていた母親《ははおや》が、思《おも》わず「俊太《しゅんた》」と叫《さけ》んだ。

俊太《しゅんた》は、扉《とびら》の取《と》っ手《て》に掛《か》かっている白《しろ》いタオルを指《ゆび》さした。

「あれを首《くび》に掛《か》ければ、足《あし》の動《うご》かない僕《ぼく》でも死《し》ねるからさ」

一時《いちじ》の感情《かんじょう》とは思《おも》えず、大村《おおむら》は声《こえ》を失《うしな》った。

「一生辛《いっしょうつら》い思《おも》いするなら死《し》んだほうがマシさ。死《し》んだほうがずっと楽《らく》だよ」

「馬鹿《ばか》なこと言《い》うな！」

大村《おおむら》は思《おも》わず声《こえ》を張《は》り上《あ》げていた。

「死《し》んだら、それこそ何《なに》もかも終《お》わりなんだ」

「いいよ、それで」

抑揚《よくよう》のない声《こえ》であった。

「いいやだめだ。君《きみ》が死《し》んだら、家族《かぞく》のみんなはどう思《おも》う？」

俊太《しゅんた》が何《なに》かを言《い》おうとしたとき、廊下《ろうか》から母親《ははおや》の泣《な》き声《ごえ》が聞《き》こえてきた。

「……」

「大切《たいせつ》な人《ひと》を失《うしな》うということは、本当《ほんとう》に辛《つら》いことなんだ」

大村《おおむら》は、一年半前《いちねんはんまえ》に亡《な》くなった母親《ははおや》のことを思《おも》い浮《う》かべながら、そう言《い》った。

「どんなことがあっても、死《し》のうなんて考《かんが》えたらいけない。野球《やきゅう》はできないかもしれないが、野球《やきゅう》に携《たずさ》わることはできるじゃないか。もしそれが辛《つら》いなら、別《べつ》のやりたいことを探《さが》すんだ。俺《おれ》も協力《きょうりょく》するよ」

俊太《しゅんた》は車輪《しゃりん》に手《て》を置《お》き、大村《おおむら》に背《せ》を向《む》けた。

「どうせ、うちの母親《ははおや》にそう言《い》えって言《い》われたんだろ？」

「いいや違《ちが》う。俺《おれ》は君《きみ》を一生応援《いっしょうおうえん》する。約束《やくそく》する。だから俊太《しゅんた》くん、俺《おれ》と一緒《いっしょ》に闘《たたか》おう」

俊太《しゅんた》は大村《おおむら》に背《せ》を向《む》けたまま言《い》った。

「分《わ》かったよ」

俊太《しゅんた》はすぐさま続《つづ》けた。

「そこまで言《い》うなら大村選手《おおむらせんしゅ》が先《さき》に、自分《じぶん》に勝《か》ってみせてよ。そしたら、もう死《し》ぬなんて言《い》わないよ」

大村《おおむら》に迷《まよ》いはなく、俊太《しゅんた》に復活《ふっかつ》を約束《やくそく》しようと、俊太《しゅんた》の正面《しょうめん》に立《た》った。

すると俊太《しゅんた》が、さらにこう続《つづ》けたのだ。

「サイクルヒットを、打《う》ってよ」

さすがの大村《おおむら》も動揺《どうよう》を隠《かく》せなかった。

「サイクル、ヒット」

サイクルヒットとは、一試合《いっしあい》に単打《たんだ》、二塁打《にるいだ》、三塁打《さんるいだ》、本塁打《ほんるいだ》を打《う》つことである。

順番《じゅんばん》は関係《かんけい》ないとはいえ、サイクルヒットはそう簡単《かんたん》に出《で》るものではない。狙《ねら》ってできることではなかった。

過去《かこ》にサイクルヒットを打《う》った選手《せんしゅ》はどれくらいいるであろうか。

約十九年《やくじゅうくねん》横浜《よこはま》でプレーしてきた大村《おおむら》ですら、一度《いちど》だって達成《たっせい》したことはない。

「もちろん二軍《にぐん》の試合《しあい》じゃなく、一軍《いちぐん》の試合《しあい》で」

俊太《しゅんた》は初《はじ》めから約束《やくそく》するつもりなどなく、また、今《いま》の大村《おおむら》にはサイクルヒットなど打《う》てるはずがないと踏《ふ》んで、無理難題《むりなんだい》を出《だ》したのだ。

それでも大村《おおむら》は、一切迷《いっさいまよ》うことなく俊太《しゅんた》に約束《やくそく》した。

「分《わ》かったよ、サイクルヒット、打《う》ってみせるよ。それも一軍《いちぐん》でな」

俊太《しゅんた》は顔《かお》を上《あ》げ、初《はじ》めて大村《おおむら》の目《め》を見《み》たのだった。

自宅《じたく》マンションの駐車場《ちゅうしゃじょう》に車《くるま》を止《と》めた大村《おおむら》は、一度《いちど》はエレベーターの前《まえ》まで来《き》てみたものの、やはり家《いえ》に帰《かえ》る気分《きぶん》にはなれず、マンションを出《で》て夜道《よみち》を歩《ある》いた。

俊太《しゅんた》の姿《すがた》を思《おも》い浮《う》かべる大村《おおむら》の表情《ひょうじょう》は硬《かた》く、足取《あしど》りは重《おも》い。

それは、俊太《しゅんた》と交《か》わした約束《やくそく》を果《は》たす自信《じしん》がないからではない。不安《ふあん》がないといえば嘘《うそ》になるが、必《かなら》ずサイクルヒットを達成《たっせい》し、俊太《しゅんた》を救《すく》ってやるという、強《つよ》い気持《きも》ちを抱《いだ》

いている。

大村《おおむら》が悩《なや》んでいるのは、一軍《いちぐん》の試合《しあい》に出《で》られるかどうか、である。

二軍《にぐん》で結果《けっか》を残《のこ》せば再《ふたた》び一軍《いちぐん》に呼《よ》ばれるだろう。

それでも出場《しゅつじょう》の機会《きかい》を与《あた》えられるかどうか……。

仮《かり》に与《あた》えられたとしても、代打《だいだ》の一打席《いちだせき》だけの可能性《かのうせい》が高《たか》い。

むろん代打《だいだ》では意味《いみ》がない。先発《せんぱつ》フル出場《しゅつじょう》しなければ、サイクルヒットは達成《たっせい》できないのだから。

どうすれば、先発《せんぱつ》フル出場《しゅつじょう》できるか……。

やはり方法《ほうほう》は一《ひと》つしかなさそうである。決意《けつい》した瞬間《しゅんかん》大村《おおむら》の顔色《かおいろ》が変《か》わり、無意識《むいしき》のうちに過去《かこ》の栄光《えいこう》を思《おも》い返《かえ》していた。

いずれにせよ、そうなる運命《うんめい》だったんだ。

俊太《しゅんた》のために、一試合《いっしあい》のために……。

気持《きも》ちの整理《せいり》がついた大村《おおむら》は、自宅《じたく》マンションに戻《もど》りエレベーターに乗《の》った。

最上階《さいじょうかい》の十階《じっかい》で降《お》り、玄関扉《げんかんとびら》を開《ひら》くと、いつものように妻《つま》の紀子《のりこ》が優《やさ》しい笑《え》みで、

「おかえりなさい、あなた」

と迎《むか》えてくれた。

大村《おおむら》は靴《くつ》を脱《ぬ》ぎながら、

「ただいま」

と言《い》った。できる限《かぎ》り平静《へいせい》を装《よそお》おうと思《おも》うが、やはり緊張《きんちょう》を隠《かく》せなかった。

何《なに》も知《し》らない紀子《のりこ》は、

「今日《きょう》もご苦労様《くろうさま》でした」

と言《い》い、

「ご飯《はん》できているけど、先《さき》にお風呂《ふろ》にしますか？」

と聞《き》いた。

大村《おおむら》は少《すこ》し迷《まよ》い、

「メシにする」

と答《こた》えた。

「じゃあすぐに準備《じゅんび》しますね」

そう言《い》ってキッチンに向《む》かった。

大村《おおむら》は、紀子《のりこ》が背《せ》を向《む》けたとたん気《き》づかれぬよう大《おお》きな息《いき》を吐《は》いた。

プロになって二年目《にねんめ》の夏《なつ》、友人《ゆうじん》の紹介《しょうかい》で二《ふた》つ下《した》の彼女《かのじょ》と知《し》り合《あ》い、二年《にねん》の交際《こうさい》を経《へ》て結婚《けっこん》し、それから約十五年間《やくじゅうごねんかん》、陰《かげ》で支《ささ》えてきてくれた彼女《かのじょ》には、そう簡単《かんたん》に言《い》えるものではなかった。

大村《おおむら》が打《う》てなくなり、二軍《にぐん》に落《お》ちたとき、さまざまな思《おも》いを抱《いだ》いたであろうが、紀子《のりこ》は大村《おおむら》には一切不安《いっさいふあん》そうな表情《ひょうじょう》は見《み》せず、いつものように明《あか》るい笑顔《えがお》で、納得《なっとく》のいくまでプレーしてほしいと言《い》い続《つづ》けてきた。

とはいえやはり、いざそのときが来《く》ると彼女《かのじょ》も動揺《どうよう》するかもしれない。

「ところであなた、今日《きょう》、どうだったんですか？」

紀子《のりこ》は、俊太《しゅんた》のことを聞《き》いているのだった。

大村《おおむら》はそれには答《こた》えず、

「それより、ちょっといいかな。話《はなし》があるんだ」

改《あらた》まった口調《くちょう》で言《い》うと、キッチンに立《た》っている紀子《のりこ》が振《ふ》り返《かえ》った。

「どうしたの、深刻《しんこく》な顔《かお》して」

「まあいいから、座《すわ》って」

大村《おおむら》は、ダイニングチェアに座《すわ》るよう促《うなが》した。

「何《なに》、話《はなし》って」

大村《おおむら》は長《なが》い間《ま》を置《お》き、紀子《のりこ》の目《め》を真《ま》っ直《す》ぐに見《み》つめながら言《い》った。

「突然《とつぜん》だけど、今季《こんき》一杯《いっぱい》で、引退《いんたい》しようと思《おも》うんだ」

紀子《のりこ》は一瞬《いっしゅん》驚《おどろ》いた様子《ようす》を見《み》せたが、心《こころ》のどこかでは覚悟《かくご》していたのであろう、動揺《どうよう》することはなく、

「そうですか」

と優《やさ》しい口調《くちょう》で言《い》った。

大村《おおむら》は、どのタイミングで俊太《しゅんた》との約束《やくそく》を紀子《のりこ》に話《はな》そうか迷《まよ》っている。

ずっと陰《かげ》で支《ささ》えてきてくれた紀子《のりこ》には、俊太《しゅんた》のために引退《いんたい》するとは、なかなか言《い》えなかった。

「すまないな」

思《おも》わずそう口《くち》にしていた。

「すまないだなんて。あなたが途中《とちゅう》で諦《あきら》める人間《にんげん》じゃないことは、私《わたし》が一番《いちばん》知《し》っています。あなたのことですから、納得《なっとく》して決断《けつだん》したんでしょう。私《わたし》はこれまでどおり、黙《だま》ってついていくだけです」

ますます言《い》いづらくなった大村《おおむら》は、

「この先《さき》、不安《ふあん》はないか」

と尋《たず》ねた。

「いいえ、まったくありません」

「そうか……」

沈黙《ちんもく》が訪《おとず》れたため、大村《おおむら》はここで切《き》り出《だ》そうかと思《おも》ったのだが、

「あなた」

紀子《のりこ》が改《あらた》まった口調《くちょう》で言《い》った。

「長《なが》い間《あいだ》、本当《ほんとう》にお疲《つか》れ様《さま》でした」

「あ、ああ。紀子《のりこ》、ありがとう……」

大村《おおむら》は、結局最後《けっきょくさいご》まで俊太《しゅんた》との約束《やくそく》を紀子《のりこ》に話《はな》すことができなかった。


翌日《よくじつ》、大村《おおむら》は一軍《いちぐん》の試合《しあい》が始《はじ》まる二時間前《にじかんまえ》に球場《きゅうじょう》を訪《おとず》れ、監督室《かんとくしつ》を訪《たず》ねた。

「失礼《しつれい》します」

横浜《よこはま》ブラックソックスを率《ひき》いる野村雅史《のむらまさし》は、現役時代《げんえきじだい》も同様《どうよう》に横浜《よこはま》に所属《しょぞく》し、三百勝《さんびゃくしょう》の記録《きろく》を持《も》つ偉大《いだい》な投手《とうしゅ》である。

監督《かんとく》としても、横浜《よこはま》を四度《よんど》のリーグ優勝《ゆうしょう》、二度《にど》の日本一《にほんいち》に導《みちび》き、今《こん》シーズンもすでにリーグ優勝《ゆうしょう》を決《き》めている。

野村《のむら》は、大村《おおむら》がスーツを着《き》てやってきたことに意外《いがい》そうな顔《かお》をした。

「どうしたんだ、改《あらた》まった恰好《かっこう》で」

野太《のぶと》い声《こえ》で言《い》った。

「試合前《しあいまえ》のお忙《いそが》しい中《なか》、失礼《しつれい》いたします。今日《きょう》は監督《かんとく》に、お願《ねが》いがあって来《き》ました」

野村《のむら》はただ、うん、とうなずいた。

「私《わたし》、今季《こんき》一杯《いっぱい》で、引退《いんたい》する決意《けつい》をいたしました」

大村《おおむら》のその言葉《ことば》に、野村《のむら》は大《おお》きく息《いき》を吐《は》き、「そうか」と言《い》った。

「監督《かんとく》には今《いま》まで大変《たいへん》お世話《せわ》になりました」

野村《のむら》はイスから立《た》ち上《あ》がり、

「十九年間《じゅうくねんかん》、横浜一筋《よこはまひとすじ》でよく頑張《がんば》ってくれたと思《おも》う。実《じつ》はね、君《きみ》には二軍《にぐん》のバッティングコーチとして、選手育成《せんしゅいくせい》のほうに力《ちから》を注《そそ》いでもらおうかと考《かんが》えていたんだ」

いずれにせよ、今季限《こんきかぎ》りで戦力外《せんりょくがい》を言《い》い渡《わた》されることを大村《おおむら》は知《し》った。

「ありがとうございます」

「ところで最初《さいしょ》に言《い》った、お願《ねが》い、とはなんだ？」

大村《おおむら》は一拍置《いっぱくお》き、力強《ちからづよ》い口調《くちょう》で言《い》った。

「残《のこ》りの、どの試合《しあい》でもかまいません、最後《さいご》に私《わたし》を、一試合《いっしあい》フルで使《つか》っていただけませんか」

野村《のむら》は一瞬《いっしゅん》意外《いがい》そうな表情《ひょうじょう》を見《み》せ、悩《なや》む仕草《しぐさ》を見《み》せた末《すえ》、

「分《わ》かった、最終戦《さいしゅうせん》となる、ロイヤルズとの試合《しあい》に起用《きよう》しよう」

と言《い》ったのだった。

大村《おおむら》は、後《うし》ろに組《く》んでいた手《て》を握《にぎ》り、

「ありがとうございます」

深々《ふかぶか》と頭《あたま》を下《さ》げた。

野村《のむら》がすぐに了承《りょうしょう》したのは、すでにリーグ優勝《ゆうしょう》を決《き》めているのと、何《なに》より大村《おおむら》が、十《じゅう》九《く》年間《ねんかん》横浜《よこはま》に貢献《こうけん》してきた選手《せんしゅ》だからであった。

引退《いんたい》を決意《けつい》した選手《せんしゅ》が、最終戦《さいしゅうせん》の大舞台《おおぶたい》にフル出場《しゅつじょう》できるということは何《なに》よりも幸《しあわ》せなことであるが、大村《おおむら》は今《いま》、俊太《しゅんた》を思《おも》い浮《う》かべそれどころではない。

君《きみ》はきっと、一軍《いちぐん》の試合《しあい》にすら出《で》られないと思《おも》っていただろうが、最終戦《さいしゅうせん》、フル出場《しゅつじょう》できることになったぞ。

引退《いんたい》と引《ひ》き換《か》えに、というのが情《なさ》けないところだがな……。

とにかく、見《み》ててくれ。

君《きみ》のために、必《かなら》ずサイクルヒット、達成《たっせい》してみせるよ。

最終戦《さいしゅうせん》まで残《のこ》り一週間《いっしゅうかん》。

大村《おおむら》は二軍《にぐん》の試合後《しあいご》、夜中《よなか》になるまで走《はし》り込《こ》みや特打《とくう》ちなど、死《し》に物狂《ものぐる》いで特訓《とっくん》を重《かさ》ね、最終戦前日《さいしゅうせんぜんじつ》には、相手《あいて》ピッチャーのビデオを何度《なんど》も観《み》て研究《けんきゅう》した。

＊　＊　＊

そしていよいよ、横浜《よこはま》ブラックソックス対東京《たいとうきょう》ロイヤルズの試合当日《しあいとうじつ》を迎《むか》えた。

試合《しあい》が行《おこな》われる横浜球場《よこはまきゅうじょう》には、大村《おおむら》の最後《さいご》のプレーを観《み》ようと大勢《おおぜい》の観客《かんきゃく》が列《れつ》を作《つく》り、午後四時三十分《ごごよじさんじっぷん》、開場三十分《かいじょうさんじっぷん》で、五万《ごまん》の席《せき》がほぼ満席《まんせき》となった。

その中《なか》には、着物《きもの》を着《き》た紀子《のりこ》と、友人《ゆうじん》たちの姿《すがた》もあり、グラウンドでウォーミングアップしていた大村《おおむら》は、まずは妻《つま》たちに、そして応援《おうえん》に来《き》てくれた観客《かんきゃく》たちに手《て》を振《ふ》った。

そのとき、大村《おおむら》はさり気《げ》なく俊太《しゅんた》の姿《すがた》を探《さが》したが、確認《かくにん》することはできなかった。

チームの公式《こうしき》ホームページで大村《おおむら》の引退《いんたい》とこの日《ひ》の出場《しゅつじょう》が事前《じぜん》に告知《こくち》されていた。大《おお》村《むら》は長《なが》らく一軍《いちぐん》でプレーしていなかったため、観客《かんきゃく》やマスコミたちは皆《みな》、九回《きゅうかい》に代打《だいだ》で起用《きよう》されると思《おも》い込《こ》んでいたようだが、『四番《よばん》、ファースト、大村《おおむら》』とアナウンスが流《なが》れた瞬間球場内《しゅんかんきゅうじょうない》は一気《いっき》に沸《わ》き、観客《かんきゃく》たちは、野村監督《のむらかんとく》の粋《いき》な計《はか》らいに大《おお》きな拍手《はくしゅ》を送《おく》った。

対戦相手《たいせんあいて》のファンも含《ふく》め、五万人《ごまんにん》の観客《かんきゃく》に声援《せいえん》を送《おく》られる大村《おおむら》は、ベンチに座《すわ》る野村《のむら》監督《かんとく》を見《み》た。

ミーティングのときには、八番《はちばん》で起用《きよう》すると言《い》われていたのだ……。

大村《おおむら》は帽子《ぼうし》を取《と》って、野村監督《のむらかんとく》に深《ふか》く一礼《いちれい》したのだった。


午後六時《ごごろくじ》、いよいよ最終戦《さいしゅうせん》が始《はじ》まった。

後攻《こうこう》の横浜《よこはま》は一回《いっかい》の表《おもて》、相手《あいて》バッターを三者凡退《さんしゃぼんたい》に抑《おさ》え、東京《とうきょう》の先発《せんぱつ》、高峯達也《たかみねたつや》がマウンドに立《た》った。

東都大学《とうとだいがく》のエースとして活躍《かつやく》していた高峯《たかみね》は今年東京《ことしとうきょう》ロイヤルズに入団《にゅうだん》し、ルーキーで八勝《はっしょう》という活躍《かつやく》を見《み》せている。

鋭《するど》く伸《の》びるストレートとキレのあるカーブ、そして、ストレートと同《おな》じ速度《そくど》で落《お》ちてくるフォークが武器《ぶき》だ。

高峯《たかみね》の研究《けんきゅう》をしてきた大村《おおむら》は、ベンチから高峯《たかみね》をじっと見据《みす》え、心《こころ》の中《なか》で、打《う》てる、必《かなら》ず打《う》てると、繰《く》り返《かえ》し自分《じぶん》に言《い》い聞《き》かせた。

横浜《よこはま》は、一番《いちばん》、二番《にばん》と三振《さんしん》に打《う》ち取《と》られ、三番打者《さんばんだしゃ》の山本辰則《やまもとたつのり》がネクストバッターズサークルから、バッターボックスに移動《いどう》した。

入《い》れ替《か》わるようにして、大村《おおむら》がネクストバッターズサークルに立《た》ち、素振《すぶ》りを始《はじ》める。

山本《やまもと》は初球《しょきゅう》、高峯《たかみね》の甘《あま》く入《はい》ったストレートを見逃《みのが》さず、センター前《まえ》にヒットを打《う》った。

すぐに打席《だせき》が回《まわ》ってきた大村《おおむら》は、静《しず》かに目《め》を閉《と》じ、大《おお》きく息《いき》を吐《は》いた。

横浜《よこはま》の応援席《おうえんせき》からは大村《おおむら》の応援歌《おうえんか》が演奏《えんそう》され、大《おお》きな声援《せいえん》が送《おく》られた。

大村《おおむら》はスタンドを見渡《みわた》し、俊太《しゅんた》の姿《すがた》を探《さが》す。しかし、見《み》つけることのできぬままバッターボックスに立《た》った。

大村《おおむら》は、俊太《しゅんた》が球場《きゅうじょう》のどこかで見《み》てくれていることを信《しん》じ、バットを構《かま》えた。

高峯《たかみね》はキャッチャーと球種《きゅうしゅ》を決《き》めると、一塁《いちるい》を目《め》で牽制《けんせい》し、セットポジションから初《しょ》球《きゅう》を投《とう》じた。

外角《がいかく》から鋭《するど》くカーブし、ボールはストライクゾーンでキャッチャーミットに収《おさ》まった。

球審《きゅうしん》が高々《たかだか》と右腕《みぎうで》を上《あ》げ、

「ストライク！」

と叫《さけ》んだ。

大村《おおむら》は一息《ひといき》吐《は》き、再《ふたた》びバットを構《かま》える。

二球目《にきゅうめ》は手元《てもと》で伸《の》びるストレートで、大村《おおむら》の好《す》きな高《たか》めのアウトコースであったが、見逃《みのが》してしまった。

しまったと唇《くちびる》を噛《か》みしめる大村《おおむら》に、球審《きゅうしん》がストライクと告《つ》げた。

絶好球《ぜっこうきゅう》であったが、バットが出《で》なかった。反応《はんのう》できなかったからではない。今《いま》のは完《かん》全《ぜん》に打《う》てた。

サイクルヒットを達成《たっせい》するには、一打席《いちだせき》も無駄《むだ》にはできないのだ。あまりに慎重《しんちょう》になりすぎたため、振《ふ》ることができなかった。

大村《おおむら》は、強気《つよき》に行《い》けと自分《じぶん》に言《い》い聞《き》かせた。上位打線《じょういだせん》なら、九回《きゅうかい》までに恐《おそ》らく五打席《ごだせき》はある。ここで打《う》てなくてもまだまだチャンスはあるのだ。

大村《おおむら》は高峯《たかみね》を鋭《するど》く睨《にら》み、三度目《さんどめ》のバットを構《かま》えた。

三球目《さんきゅうめ》、高峯《たかみね》は一球遊《いっきゅうあそ》び、四球目《よんきゅうめ》の球種《きゅうしゅ》を決《き》めると、投球《とうきゅう》モーションに入《はい》った。

大村《おおむら》は、ここで決《き》めてくると確信《かくしん》している。高峯《たかみね》は勝負球《しょうぶだま》にカーブはほとんど使《つか》わない。ストレートか、フォークだ。

大村《おおむら》はバットを短《みじか》く持《も》ち、構《かま》えた。毎打席《まいだせき》ホームランを狙《ねら》っていた大村《おおむら》が、バットを短《みじか》く持《も》つなど初《はじ》めてのことであった。

高峯《たかみね》が四球目《よんきゅうめ》を投《な》げた。

球《たま》は内角低《ないかくひく》めに伸《の》びてくる。

フォークだ。

いや、ストレートだ！

大村《おおむら》は力強《ちからづよ》く引《ひ》っ張《ぱ》った。

打球《だきゅう》は三遊間《さんゆうかん》に転《ころ》がり、三塁手《さんるいしゅ》と遊撃手《ゆうげきしゅ》が同時《どうじ》に飛《と》びつく。

ボールが三塁手《さんるいしゅ》のグローブに入《はい》った瞬間《しゅんかん》、球場《きゅうじょう》からは残念《ざんねん》そうな声《こえ》が漏《も》れるが、大村《おおむら》は諦《あきら》めなかった。

全力《ぜんりょく》で一塁《いちるい》に走《はし》る。

その気迫《きはく》が三塁手《さんるいしゅ》にプレッシャーを与《あた》えたのか、立《た》ち上《あ》がった瞬間《しゅんかん》少《すこ》しもたついたのだ。三塁手《さんるいしゅ》は慌《あわ》てて一塁《いちるい》に送球《そうきゅう》する。

大村《おおむら》は一塁《いちるい》ベースに向《む》かってヘッドスライディングした。

際《きわ》どい判定《はんてい》であったが、塁審《るいしん》が両手《りょうて》を大《おお》きく横《よこ》に広《ひろ》げ、

「セーフ！」

と叫《さけ》んだ。

その瞬間《しゅんかん》スタンドが一気《いっき》に沸《わ》き、大村《おおむら》に拍手《はくしゅ》を送《おく》った。

大村《おおむら》は立《た》ち上《あ》がると皆《みな》に軽《かる》く手《て》を上《あ》げたが、笑《え》みは見《み》せなかった。

まずはヒットを打《う》ったぞと、心《こころ》の中《なか》で俊太《しゅんた》に言《い》ったのだった。

大村《おおむら》が出塁《しゅつるい》し、ツーアウト一塁二塁《いちるいにるい》になったものの、次《つぎ》の五番打者《ごばんだしゃ》がセンターフライに倒《たお》れ、一回《いっかい》は両軍〇点《りょうぐんれいてん》に終《お》わった。

二回《にかい》も同《おな》じく両軍〇点《りょうぐんれいてん》に終《お》わり、三回《さんかい》の裏《うら》、再《ふたた》び大村《おおむら》の打席《だせき》が回《まわ》ってきた。

スコアボードには〇《ゼロ》が並《なら》んでいるが、現在《げんざい》ノーアウト一塁二塁《いちるいにるい》。短打《たんだ》で走者《そうしゃ》が還《かえ》ってくる場面《ばめん》である。

しかし、大村《おおむら》は短打《たんだ》は狙《ねら》っていない。すでにシングルヒットを打《う》っていたため、長打《ちょうだ》を出《だ》さなければ意味《いみ》がないのである。

スタンドから、再《ふたた》び大村《おおむら》の応援歌《おうえんか》が演奏《えんそう》される。

大村《おおむら》は二《に》、三度《さんど》素振《すぶ》りして、バッターボックスに立《た》った。

大村《おおむら》は慎重《しんちょう》であるが、この打席《だせき》は初球《しょきゅう》から狙《ねら》っている。

なぜなら高峯《たかみね》は、二番《にばん》、三番《さんばん》と連続《れんぞく》してフォアボールを出《だ》しているからだ。

ストライクが欲《ほ》しいであろう高峯《たかみね》は、必《かなら》ず初球《しょきゅう》はストライクゾーンに球《たま》を放《ほう》ってくる。

大村《おおむら》は初球《しょきゅう》、ストレートを投《な》げてくると予測《よそく》している。

その読《よ》みどおり、内角《ないかく》の甘《あま》いコースにストレートを投《な》げてきたのだ。

大村《おおむら》は絶好球《ぜっこうきゅう》を見逃《みのが》さずフルスイングした。

球《たま》は鋭《するど》く左中間《さちゅうかん》に飛《と》び、フェンス直撃《ちょくげき》の長打《ちょうだ》コースとなった。

大村《おおむら》は一塁《いちるい》を蹴《け》り二塁《にるい》に向《む》かう。その間《かん》に二人《ふたり》がホームイン。レフトがボールを拾《ひろ》い、中継《ちゅうけい》に送球《そうきゅう》したころ、大村《おおむら》は二塁《にるい》に到達《とうたつ》した。観客《かんきゃく》はこの日《ひ》一番《いちばん》の盛《も》り上《あ》がりを見《み》せた。まったく打《う》てなくなって引退《いんたい》する大村《おおむら》がタイムリーを打《う》つなんて、想定外《そうていがい》の出来事《できごと》だったからである。

大村《おおむら》は手《て》を叩《たた》きガッツポーズを見《み》せた。

これで、あと三塁打《さんるいだ》とホームランを打《う》てばサイクルヒット達成《たっせい》だ。

スタンドからは大村《おおむら》コールが起《お》きている。

皆《みんな》このとき、大村《おおむら》の全盛期《ぜんせいき》のころを思《おも》い出《だ》していたのだった。

三回《さんかい》の裏《うら》、大村《おおむら》のタイムリーのあと横浜《よこはま》はさらに二人《ふたり》が続《つづ》き四点《よんてん》を獲得《かくとく》。しかしその直後《ちょくご》東京《とうきょう》に二点《にてん》を取《と》られ、現在試合《げんざいしあい》は四対二《よんたいに》、五回《ごかい》の裏《うら》に入《はい》ったところである。

この回先頭打者《かいせんとうだしゃ》である大村《おおむら》は、三度目《さんどめ》のバッターボックスに立《た》った。

ピッチャーは依然《いぜん》、高峯達也《たかみねたつや》である。

大村《おおむら》は外野《がいや》スタンドのほうに視線《しせん》を向《む》けると、バットを目一杯《めいっぱい》長《なが》く持《も》った。

高峯《たかみね》はサインを決《き》めるとワインドアップポジションから一球目《いっきゅうめ》を投《な》げた。

懐《ふところ》をえぐるような鋭《するど》いストレート。

高峯《たかみね》は一見冷静《いっけんれいせい》そうではあるが、引退《いんたい》する選手《せんしゅ》に二本続《にほんつづ》けてヒットを打《う》たれ、相当悔《そうとうくや》しかったのであろう。

球《たま》に、気迫《きはく》がこもっていた。

救《すく》いだったのは、判定《はんてい》がボールであったことだ。

しかし高峯《たかみね》は不満《ふまん》そうな様子《ようす》は見《み》せず、淡々《たんたん》と二球目《にきゅうめ》を投《な》げた。

球種《きゅうしゅ》は初球《しょきゅう》と同様《どうよう》にストレートで、今度《こんど》は内角低《ないかくひく》めをついてきた。

球審《きゅうしん》が、ストライクと叫《さけ》ぶ。

大村《おおむら》は一息吐《ひといきは》き、バットを構《かま》える。

三球目《さんきゅうめ》もやはりストレートで、際《きわ》どいコースであったが、ストライクを取《と》られてしまった。

四球目《よんきゅうめ》も同様《どうよう》にストレートできた。判定《はんてい》はボール。

大村《おおむら》は、高峯《たかみね》を見《み》た。

終始涼《しゅうしすず》しい顔《かお》をしているが、この男《おとこ》、相当《そうとう》な負《ま》けず嫌《ぎら》いだと大村《おおむら》は思《おも》った。

どうやら高峯《たかみね》は全球《ぜんきゅう》ストレートで勝負《しょうぶ》してくるつもりらしい。

引退《いんたい》する選手《せんしゅ》を変化球《へんかきゅう》を使《つか》って打《う》ち取《と》るのは、プライドが許《ゆる》さないというように。

大村《おおむら》は、次《つぎ》の五球目《ごきゅうめ》で勝負《しょうぶ》してくると考《かんが》えている。

高峯《たかみね》が渾身《こんしん》のストレートを投《な》げた。

ど真《ま》ん中《なか》の絶好球《ぜっこうきゅう》。

大村《おおむら》は長打《ちょうだ》を確信《かくしん》し、バットを振《ふ》った。

しかし、手元《てもと》でボールがかすかにホップし、大村《おおむら》は高峯《たかみね》の頭上《ずじょう》に高々《たかだか》と打《う》ち上《あ》げてしまったのだ。

大村《おおむら》は思《おも》わずバットを叩《たた》きつけた。

何《なん》としてでもこの打席《だせき》で三塁打《さんるいだ》かホームランを打《う》っておきたかった大村《おおむら》は、気持《きも》ちを抑《おさ》え、静《しず》かにベンチに戻《もど》った。

ここでアウトになったとはいえ、まだサイクルヒットの可能性《かのうせい》はあり、大村自身希望《おおむらじしんきぼう》は捨《す》てていない。

しかし残《のこ》りは二打席《にだせき》。その二打席《にだせき》で、三塁打《さんるいだ》とホームランを打《う》つのは、奇跡《きせき》に等《ひと》しいことであった……。

七回《ななかい》の表《おもて》、試合《しあい》が大《おお》きく動《うご》いた。東京打線《とうきょうだせん》がツーアウトからヒットで繋《つな》ぎ四得点《よんとくてん》を上《あ》げ、四対六《よんたいろく》と逆転《ぎゃくてん》したのである。

横浜《よこはま》が劣勢《れっせい》の中《なか》、勝利投手《しょうりとうしゅ》の権利《けんり》を得《え》た高峯《たかみね》を引《ひ》っ込《こ》め、監督《かんとく》がピッチャーの交代《こうたい》を告《つ》げた。

高峯《たかみね》に代《か》わりマウンドに上《あ》がったのは、室田将《むろたしょう》という三十三歳《さんじゅうさんさい》のベテランセットアッパーである。

ストレートはそれほど速《はや》くはないが、カーブ、スライダー、シュート、チェンジアップ、それにフォークと、多彩《たさい》な変化球《へんかきゅう》を武器《ぶき》に持《も》つ厄介《やっかい》な投手《とうしゅ》である。

大村《おおむら》は、スタンドのどこかにいるであろう俊太《しゅんた》を探《さが》しながら、バッターボックスに向《む》かった。

マウンドに立《た》つ室田将《むろたしょう》とは、これまでに幾度《いくど》も対戦《たいせん》した仲《なか》であり、大村《おおむら》がバッターボックスに立《た》つと、室田《むろた》が目礼《もくれい》した。

しかし大村《おおむら》には挨拶《あいさつ》を返《かえ》す余裕《よゆう》すらなく、鋭《するど》い目《め》つきでバットを構《かま》えた。

引退試合《いんたいじあい》でここまで真剣《しんけん》にバッターボックスに立《た》つ選手《せんしゅ》は珍《めずら》しく、室田《むろた》は少《すこ》し不思議《ふしぎ》そうな表情《ひょうじょう》を見《み》せたが、キャッチャーとサインを決《き》め、初球《しょきゅう》を投《な》げた。

室田《むろた》は初球《しょきゅう》からフォークを使《つか》い、判定《はんてい》はボール。二球目《にきゅうめ》はカーブで、これもボールとなった。

カウントはツーボール、ノーストライクであるが、大村《おおむら》はあまりの緊張《きんちょう》に一度《いちど》タイムをかけ、二《に》、三度素振《さんどすぶ》りをしてから、再《ふたた》びバッターボックスに立《た》った。三球目《さんきゅうめ》はシュートで、ギリギリ一杯《いっぱい》のストライク。四球目《よんきゅうめ》はストレートであったが大《おお》きく外《はず》れた。

これでスリーボール、ワンストライク。

大村《おおむら》はカウントでは追《お》い込《こ》まれてはいないが、いよいよ崖《がけ》っぷちに立《た》たされた。

ここでフォアボールとなれば、サイクルヒットの可能性《かのうせい》はなくなると言《い》っていい。

大村《おおむら》は心《こころ》の中《なか》で室田《むろた》に、どんな球《たま》でもいいからストライクゾーンに投《な》げてくれと願《ねが》った。

しかしその願《ねが》いは叶《かな》わず、室田《むろた》が投《な》げた五球目《ごきゅうめ》は、明《あき》らかにボールゾーンであった。

フォアボールで出塁《しゅつるい》するわけにはいかない大村《おおむら》は、ボールがキャッチャーミットに入《はい》ってから、空振《からぶ》りした。

わざとであるのは誰《だれ》が見《み》ても明白《めいはく》であり、一瞬《いっしゅん》スタンドが騒然《そうぜん》となった。

大村《おおむら》は観客《かんきゃく》の反応《はんのう》は無視《むし》し、すぐさま構《かま》える。

このとき室田《むろた》が何《なに》かを察《さっ》したのかは定《さだ》かではない。

室田《むろた》が投《とう》じた六球目《ろっきゅうめ》は、高《たか》めに浮《う》く、百二十《ひゃくにじっ》キロ台《だい》のストレートであった。

大村《おおむら》は遅《おそ》いストレートにタイミングを外《はず》されたが絶好《ぜっこう》のチャンスを逃《のが》さず、右中間《うちゅうかん》に弾《はじ》き返《かえ》した。

ボールは高々《たかだか》と上《あ》がり、大村《おおむら》はホームランを確信《かくしん》した。

ライトとセンターがボールを追《お》い、ライトが手《て》を伸《の》ばしながらジャンプした。

ボールは惜《お》しくもスタンドには入《はい》らなかったがフェンスに当《あ》たり、ライトのコーナーに転《ころ》がっていく。

思《おも》い切《き》りジャンプしていたライトはバランスを崩《くず》し着地《ちゃくち》に失敗《しっぱい》。代《か》わりにセンターがボールを追《お》う。

大村《おおむら》はそのころ二塁《にるい》に到達《とうたつ》しており、ボールの行方《ゆくえ》は一切《いっさい》気《き》にせず三塁《さんるい》へと向《む》かった。

センターがボールを拾《ひろ》い中継《ちゅうけい》に送球《そうきゅう》。中継《ちゅうけい》はすぐさま三塁《さんるい》に送球《そうきゅう》した。

大村《おおむら》は三塁《さんるい》に滑《すべ》り込《こ》む。同時《どうじ》に三塁手《さんるいしゅ》がボールをキャッチし、素早《すばや》く大村《おおむら》にタッチした。

判定《はんてい》は微妙《びみょう》で、皆《みんな》が塁審《るいしん》に注目《ちゅうもく》した。

塁審《るいしん》は少《すこ》しの間《ま》を空《あ》け、大《おお》きく手《て》を広《ひろ》げた。

「セーフ！　セーフ！　セーフ！」

大村《おおむら》の三塁打《さんるいだ》にスタンドは熱狂《ねっきょう》し、球場内《きゅうじょうない》にいる全《すべ》ての人間《にんげん》が大村《おおむら》のサイクルヒットを意識《いしき》した。

ここ一番《いちばん》で、ホームランよりも難《むずか》しい三塁打《さんるいだ》を打《う》った大村《おおむら》は思《おも》わず叫《さけ》んだ。

「あとは、ホームランだ！」

視線《しせん》の先《さき》には、妻《つま》の姿《すがた》があった。

紀子《のりこ》は大村《おおむら》の輝《かがや》いた姿《すがた》に、涙《なみだ》を流《なが》していた。

＊　＊　＊

一方《いっぽう》そのころ、俊太《しゅんた》はスタンドではなく、自分《じぶん》の部屋《へや》にいた。

暗《くら》い部屋《へや》の中《なか》でテレビを見《み》つめており、画面《がめん》には大村《おおむら》の姿《すがた》が映《うつ》っている。

車《くるま》イスに座《すわ》る俊太《しゅんた》は試合《しあい》が始《はじ》まってからずっと、無表情《むひょうじょう》で観戦《かんせん》している。

大村《おおむら》がヒットと二塁打《にるいだ》を続《つづ》けて打《う》っても心《こころ》に変化《へんか》はなかった。

今《いま》も、無表情《むひょうじょう》のままである。

しかし、大村《おおむら》が三塁打《さんるいだ》を放《はな》った瞬間胸《しゅんかんむね》が熱《あつ》くなり、思《おも》わず拳《こぶし》を握《にぎ》りしめていた。

最初《さいしょ》から、どうせ無理《むり》だと決《き》めつけていたが、本当《ほんとう》にサイクルヒットを達成《たっせい》するかもしれない。

自分《じぶん》の、ために……。

俊太《しゅんた》はいつしか心《こころ》の中《なか》で、最終打席《さいしゅうだせき》にホームランを打《う》ってと、強《つよ》く願《ねが》っていた。

＊　＊　＊

七回《ななかい》の裏《うら》、大村《おおむら》の三塁打《さんるいだ》のあと五番《ごばん》がヒットで続《つづ》き一点《いってん》を上《あ》げ、試合《しあい》は五対六《ごたいろく》と横浜《よこはま》が一点《いってん》を追《お》う形《かたち》でいよいよ九回《きゅうかい》の裏《うら》に入《はい》り、ワンアウト一塁《いちるい》という状況《じょうきょう》で、大村《おおむら》の最後《さいご》の打席《だせき》が回《まわ》ってきた。

大村《おおむら》の名《な》がアナウンスされると、横浜側《よこはまがわ》の観客《かんきゃく》だけでなく、相手側《あいてがわ》の観客《かんきゃく》からも大《おお》きな声援《せいえん》が送《おく》られた。

マウンドに立《た》つのは、二十五歳《にじゅうごさい》のストッパー、新庄実《しんじょうみのる》だ。百五十《ひゃくごじっ》キロを超《こ》えるストレートと、鋭《するど》く落《お》ちるフォークが最大《さいだい》の武器《ぶき》である。

大村《おおむら》は打席《だせき》に立《た》つ前《まえ》、もう一度《いちど》スタンドを見渡《みわた》し、俊太《しゅんた》がいないか探《さが》した。むろん見《み》つけられるはずがなかったが、大村《おおむら》は俊太《しゅんた》に、必《かなら》ずホームランを打《う》つことを誓《ちか》った。

大村《おおむら》が打席《だせき》に立《た》つと、スタンド全体《ぜんたい》からホームランコールが起《お》こった。敵味方関係《てきみかたかんけい》なく、皆《みんな》が大村《おおむら》のホームランを祈《いの》っている。

それは、東京《とうきょう》の野手《やしゅ》やマウンドに立《た》つ新庄《しんじょう》も同《おな》じようなものであった。ここでホームランが出《で》れば、東京側《とうきょうがわ》からすれば逆転《ぎゃくてん》サヨナラ負《ま》けを喫《きっ》することになるが、消化試合《しょうかじあい》であるため、この際《さい》勝《か》ち負《ま》けはどうでもよかった。むしろ、プロ入《い》り前《まえ》から憧《あこが》れていた大《おお》村《むら》に有終《ゆうしゅう》の美《び》を飾《かざ》ってほしいとさえ思《おも》う。しかし手《て》を抜《ぬ》いて投《な》げるなど大村《おおむら》に対《たい》して失《しつ》礼《れい》だ。新庄《しんじょう》は複雑《ふくざつ》な思《おも》いを抱《いだ》きつつ全力投球《ぜんりょくとうきゅう》を誓《ちか》った。

大村《おおむら》がバットを構《かま》えると、球場内《きゅうじょうない》は異様《いよう》な緊張感《きんちょうかん》に包《つつ》まれた。

新庄《しんじょう》がサインを決《き》め、セットポジションから一球目《いっきゅうめ》を投《な》げた。

百四十《ひゃくよんじっ》キロ台後半《だいこうはん》のストレートであった。

しかし新庄《しんじょう》もかなり緊張《きんちょう》しているのか、大《おお》きく外《はず》れてボールとなった。

二球目《にきゅうめ》もストレートだった。しかも、ど真《ま》ん中《なか》の絶好球《ぜっこうきゅう》である。

しかし今度《こんど》は大村《おおむら》のほうがバットが出《で》なかった。

大村《おおむら》はいったんバッターボックスを出《で》て、気持《きも》ちを落《お》ち着《つ》かせるように軽《かる》く素振《すぶ》りした。

そのとき、スタンドから紀子《のりこ》の声《こえ》が聞《き》こえてきた。

「どうしたの、あなたらしくない！」

振《ふ》り返《かえ》り目《め》が合《あ》うと、紀子《のりこ》が立《た》ち上《あ》がって叫《さけ》んだ。

「かっ飛《と》ばせー、大村《おおむら》！　場外《じょうがい》まで飛《と》ばせ！」

若《わか》いころはよく、大声《おおごえ》でそう応援《おうえん》してくれていたのだった。

昔《むかし》を思《おも》い出《だ》した大村《おおむら》は思《おも》わず笑《わら》ってしまった。

「あなた、打《う》てるわよ！」

大村《おおむら》は紀子《のりこ》にうなずき、再《ふたた》びバッターボックスに立《た》った。

新庄《しんじょう》は再《ふたた》びストレートを投《な》げてきてくれる。しかもど真《ま》ん中《なか》にくる。全力《ぜんりょく》の真《ま》っ向勝《こうしょう》負《ぶ》を挑《いど》むのが、新庄《しんじょう》の大村《おおむら》への敬意《けいい》であった。

次《つぎ》こそ必《かなら》ず打《う》つ！

大村《おおむら》がバットを構《かま》えると、新庄《しんじょう》はもはやサインは決《き》めず、三球目《さんきゅうめ》を投《な》げた。

大村《おおむら》は内角寄《ないかくよ》りの高《たか》めの球《たま》を、渾身《こんしん》の力《ちから》で叩《たた》いた。

白球《はっきゅう》がセンター方向《ほうこう》に大《おお》きく上《あ》がり、外野手《がいやしゅ》が追《お》う。

一塁走者《いちるいそうしゃ》は、打球《だきゅう》を見上《みあ》げ確認《かくにん》しながらゆっくりと二塁《にるい》へと向《む》かう。

一塁《いちるい》に向《む》かう大村《おおむら》は、入《はい》れ、入《はい》れと心《こころ》の中《なか》で叫《さけ》んだ。

しかし、その願《ねが》いは届《とど》かなかった。

わずか三《さん》メートル手前《てまえ》で、センターがボールをキャッチしたのだった……。

スタンドから一斉《いっせい》に溜息《ためいき》が洩《も》れた。

大村《おおむら》は一塁《いちるい》ベースの上《うえ》でくずおれ、弱々《よわよわ》しくベースを叩《たた》いた。

打《う》てなかった……。

約束《やくそく》、果《は》たせなかった……。

立《た》ち上《あ》がることのできない大村《おおむら》を一塁《いちるい》コーチが起《お》き上《あ》がらせる。

ベンチに戻《もど》る大村《おおむら》は観客《かんきゃく》から拍手《はくしゅ》を送《おく》られるが、礼《れい》を返《かえ》すことができなかった。

ベンチに腰掛《こしか》けた大村《おおむら》は俊太《しゅんた》に、本当《ほんとう》にすまないと詫《わ》びたのだった。

しかし、希望《きぼう》の光《ひかり》はまだ消《き》えてはいなかった。

大村《おおむら》がアウトになった直後《ちょくご》五番《ごばん》打者《だしゃ》が二塁打《にるいだ》を打《う》ち、六対六《ろくたいろく》の同点《どうてん》に追《お》いつくと、試《し》合《あい》は延長戦《えんちょうせん》に入《はい》ったのである。

スタンドが再《ふたた》び沸《わ》いた。延長戦《えんちょうせん》は十二回《じゅうにかい》までだが、同点《どうてん》のままいけばもう一度《いちど》大村《おおむら》に打席《だせき》が回《まわ》ってくるのだ。

ずっとベンチでうな垂《だ》れていた大村《おおむら》だったが、延長戦《えんちょうせん》に入《はい》ったとたん、まるで息《いき》を吹《ふ》き返《かえ》したかのように力《ちから》が漲《みなぎ》り、ひたすらに、自分《じぶん》の打席《だせき》が回《まわ》ってくることを願《ねが》った。

そしてその願《ねが》いが、現実《げんじつ》となった。

十二回《じゅうにかい》の裏《うら》、ワンアウト一塁《いちるい》という場面《ばめん》で、もう一度《いちど》打席《だせき》が回《まわ》ってきたのである。

『四番《よばん》、ファースト、大村《おおむら》』

これが現役《げんえき》として最後《さいご》のアナウンスであり、最後《さいご》の打席《だせき》である。

大村《おおむら》は俊太《しゅんた》に、見《み》てろよ、と念《ねん》を送《おく》り、バッターボックスに立《た》った。

泣《な》いても笑《わら》っても、これが本当《ほんとう》に最後《さいご》の打席《だせき》であるが、観客《かんきゃく》は六打席目《ろくだせきめ》の大村《おおむら》を見《み》て、ホームランを確信《かくしん》している。

大村自身《おおむらじしん》も、百《ひゃく》パーセントホームランを打《う》つ自信《じしん》があったのだ。

しかし、ピッチャーが放《ほう》ったど真《ま》ん中《なか》のストレートを、見逃《みのが》した。

観客《かんきゃく》たちはこのとき、一球目《いっきゅうめ》は様子《ようす》を見《み》たのだと思《おも》い込《こ》んでいた。

二球目《にきゅうめ》もど真《ま》ん中《なか》のストレートがくることは誰《だれ》もが分《わ》かっており、そのとおり、二球《にきゅう》目《め》も初球《しょきゅう》と同《おな》じような球《たま》であった。

しかしまたもや、大村《おおむら》は手《て》を出《だ》さなかったのである。

このとき、妻《つま》の紀子《のりこ》だけが大村《おおむら》のちょっとした異変《いへん》に気《き》づいていた。

かすかではあるが、苦《くる》しそうな様子《ようす》なのだ。

突然《とつぜん》であった。バッターボックスに立《た》つ前《まえ》は、何《なん》ともなかったのに……。

大村《おおむら》は球審《きゅうしん》にタイムを告《つ》げた。

それは、追《お》い込《こ》まれたからではなかった。

紀子《のりこ》の思《おも》ったとおりであった。

実《じっ》は、バッターボックスに立《た》ったとたん頭痛《ずつう》と吐《は》き気《け》に襲《おそ》われ、タイムをかける直前《ちょくぜん》、今度《こんど》は眩暈《めまい》が襲《おそ》ってきたのだ。

一球目《いっきゅうめ》と二球目《にきゅうめ》は絶好球《ぜっこうきゅう》であったが、手《て》を出《だ》さなかったのは出《だ》せなかったからだ。

ボールが、霞《かす》んで見《み》えていたのだ。

今《いま》もそうだ。ピッチャーや野手《やしゅ》、それに紀子《のりこ》の姿《すがた》が、ぼやけている。

なぜこんなときに、と大村《おおむら》は思《おも》った。

ホームランを打《う》って、自身《じしん》との闘《たたか》いに勝《か》ち、そして俊太《しゅんた》に、生《い》きる勇気《ゆうき》を与《あた》えるんだろう！

大村《おおむら》は自分《じぶん》に活《かつ》を入《い》れ、改《あらた》めてバッターボックスに立《た》った。

しかしその直後《ちょくご》であった。

突然《とつぜん》意識《いしき》を失《うしな》い、くずおれたのである。

客席《きゃくせき》から悲鳴《ひめい》が上《あ》がり、すぐさま監督《かんとく》や選手《せんしゅ》たちが駆《か》け寄《よ》った。

声《こえ》をかけても意識《いしき》は戻《もど》らず、見《み》る見《み》る青《あお》ざめていく。

球場内《きゅうじょうない》で待機《たいき》している救急隊員《きゅうきゅうたいいん》が駆《か》けつけ、人工呼吸《じんこうこきゅう》を繰《く》り返《かえ》すが、大村《おおむら》は意識《いしき》を取《と》り戻《もど》さない。

紀子《のりこ》がグラウンドに下《お》り、何度《なんど》も声《こえ》をかけたが、届《とど》いていないようであった。

観客《かんきゃく》たちは単《たん》なる過労《かろう》であることを願《ねが》ったが、だんだんと不吉《ふきつ》な空気《くうき》が漂《ただよ》い、スタンドから大村《おおむら》コールが起《お》こった。

その十分後《じっぷんご》、救急車《きゅうきゅうしゃ》が駆《か》けつけ、大村《おおむら》はストレッチャーに乗《の》せられ、病院《びょういん》へと運《はこ》ばれたのであった……。


車内《しゃない》では、救急隊員《きゅうきゅうたいいん》による救命処置《きゅうめいしょち》が続《つづ》けられたが、容態《ようだい》は良《よ》くなるどころか悪《わる》くなる一方《いっぽう》で、大村《おおむら》は病院《びょういん》に着《つ》くなりICU《アイシーユー》（集中治療室《しゅうちゅうちりょうしつ》）に運《はこ》ばれた。

ただちに検査《けんさ》が行《おこな》われ、大村《おおむら》の頭蓋腔内《とうがいくうない》のくも膜下《まくか》で出血《しゅっけつ》していることが判明《はんめい》した。

つまり、『くも膜下出血《まくかしゅっけつ》』である。

紀子《のりこ》は医師《いし》に、覚悟《かくご》してほしいと言《い》われた。

病院《びょういん》には紀子《のりこ》の両親《りょうしん》や大村《おおむら》の友人《ゆうじん》たちが駆《か》けつけ、さらに病院《びょういん》の外《そと》には大勢《おおぜい》のファンが集《あつ》まり、大村《おおむら》の快復《かいふく》を祈《いの》ったのだが、大村《おおむら》は一向《いっこう》に目《め》を覚《さ》まさない。

昏睡状態《こんすいじょうたい》の中《なか》、大村《おおむら》は自分自身《じぶんじしん》と闘《たたか》っていた。

俺《おれ》はまだ、何《なに》もかもが途中《とちゅう》なんだ。

せめて、ホームランを打《う》たせてほしい……。

＊　＊　＊

倒《たお》れてから五日目《いつかめ》の夕方《ゆうがた》、大村《おおむら》の脳裏《のうり》に、三十七年間《さんじゅうしちねんかん》の記憶《きおく》が走馬灯《そうまとう》のように蘇《よみがえ》り、霧《きり》がかかったように、その映像《えいぞう》が薄《うす》れゆく中《なか》、ある夢《ゆめ》を見《み》た。

それは、紀子《のりこ》や友人《ゆうじん》、それに車《くるま》イスに座《すわ》った俊太《しゅんた》が見守《みまも》る中《なか》、最終打席《さいしゅうだせき》に特大《とくだい》ホームランを打《う》ち、サイクルヒットを達成《たっせい》するという夢《ゆめ》であり、大村《おおむら》は大《おお》きな歓声《かんせい》を浴《あ》びながら、ゆっくりと一塁《いちるい》ベース、二塁《にるい》ベース、そして三塁《さんるい》ベースを踏《ふ》んでいく。

しかし、紀子《のりこ》や俊太《しゅんた》が待《ま》つホームベースに還《かえ》ってくることができないのだ。走《はし》っても走《はし》っても、近《ちか》づくどころか遠《とお》くなるばかりであった。

そのとき、紀子《のりこ》の声《こえ》が聞《き》こえてきた。

それは、現実《げんじつ》の世界《せかい》からかける紀子《のりこ》の声《こえ》であり、大村《おおむら》は一瞬《いっしゅん》であるが、紀子《のりこ》の手《て》を握《にぎ》ったのである。

紀子《のりこ》たちは大村《おおむら》の意識《いしき》が戻《もど》ったと思《おも》い、大《おお》きな期待《きたい》と希望《きぼう》を抱《いだ》いたのだが、午後四時《ごごよじ》四十三分《よんじゅうさんぷん》、プツリと糸《いと》が切《き》れたように、大村《おおむら》は、息絶《いきた》えたのだった。

# 第《だい》二《に》話《わ》
# チョコレート

今日《きょう》も一日《いちにち》、島《しま》の仲間《なかま》たちが誰一人《だれひとり》死《し》ぬことなく平和《へいわ》に過《す》ごすことができました。

一ケ月《いっかげつ》も、仲間《なかま》を失《うしな》わず過《す》ごすことができたのは、どれくらいぶりでしょうか。

でもすぐにまた島《しま》が悲《かな》しみに包《つつ》まれることを僕《ぼく》は知《し》っています。

それでもこうして、ほんの少《すこ》しの時間《じかん》だけれど安《やす》らぐことができるのは、あなたが陰《かげ》で僕《ぼく》たちを助《たす》けてくれているからです。

もうそろそろ、日付《ひづけ》が変《か》わるころでしょうか？

あなたは今《いま》、何《なに》をしていますか？

もう、眠《ねむ》ってしまっているでしょうか？

もし、同《おな》じように夜空《よぞら》を眺《なが》めているのだとしたら、僕《ぼく》はとても嬉《うれ》しいです。

今《いま》、ふと思《おも》ったことがあります。

そういえば、僕《ぼく》が住《す》む島《しま》の空《そら》と、あなたが住《す》む街《まち》の空《そら》は、同《おな》じですか？

僕《ぼく》が住《す》む島《しま》と、あなたが住《す》む街《まち》とでは天《てん》と地《ち》ほどの差《さ》があります。だからとても同《おな》じ空《そら》とは思《おも》えないのです。

今《いま》、僕《ぼく》が眺《なが》めている空《そら》には、一《ひと》つ、二《ふた》つ、見《み》えにくいけど、二《ふた》つの星《ほし》が光《ひか》っています。何《なん》だか寂《さび》しい夜空《よぞら》です。

きっと、あなたが住《す》む街《まち》の空《そら》にはこちらとは違《ちが》って、たくさんの星《ほし》が輝《かがや》いているのでしょうね……。

でもそうじゃなくて、もし、もし同《おな》じ空《そら》だとしたら、僕《ぼく》はとても幸《しあわ》せです。

だって、住《す》む世界《せかい》は違《ちが》うけれど、同《おな》じ空《そら》の下《した》で生《い》きているってことでしょう？

ああ、だんだん身体《からだ》が熱《あつ》くなってきました。

あなたのことを思《おも》うたびに胸《むね》がドキドキしますが、今日《きょう》は特別《とくべつ》、なぜかいつもよりも気分《きぶん》が高《たか》ぶっています。

あなたに会《あ》いたいです。

あなたがとても優《やさ》しい心《こころ》の持《も》ち主《ぬし》だということは知《し》っているけれど、僕《ぼく》たちはあなたの年齢《ねんれい》も分《わ》からなければ、性別《せいべつ》すら分《わ》からないのです。

だからどんな顔《かお》をしているのか、想像《そうぞう》すらできないのです。

唯一《ゆいいつ》分《わ》かるのは、肌《はだ》の色《いろ》です。この国《くに》の人間《にんげん》は、みんな肌《はだ》が浅黒《あさぐろ》いからです。もっとも、あなたが外国《がいこく》の人《ひと》だとしたら別《べつ》ですけど……。

僕《ぼく》は、こうして心《こころ》の中《なか》でしかあなたに話《はな》しかけることができないのが、とても、とても……。

こういうとき、何《なん》て言《い》ったらいいのでしょうか？　とにかく、そう、心《こころ》がムズムズするのです。

僕《ぼく》は、あと何日間《なんにちかん》生《い》きられるでしょうか？

たぶん、僕《ぼく》はもうじき死《し》ぬような気《き》がするのです。

十三年間《じゅうさんねんかん》も生《い》きることができたのですから、本当《ほんとう》に僕《ぼく》は幸運《こううん》だと思《おも》います。

これまでに、何人《なんにん》もの仲間《なかま》の死《し》を見《み》てきましたから、死《し》は怖《こわ》くはありません。

でもその前《まえ》に、一度《いちど》だけでいいからあなたに会《あ》いたい。

会《あ》って、直接《ちょくせつ》お礼《れい》を言《い》いたいのです。

僕《ぼく》は毎日《まいにち》のように、あなたに会《あ》う夢《ゆめ》を見《み》ます。

会《あ》うと言《い》っても、あなたの顔《かお》すら想像《そうぞう》できませんから、姿形《すがたかたち》は真《ま》っ黒《くろ》です。

あなたに会《あ》うことができたら、まず最初《さいしょ》にお礼《れい》を言《い》って、できればそのあと、いつも夢《ゆめ》で見《み》るように『チョコレート』を一緒《いっしょ》に食《た》べたいです。

その夢《ゆめ》が叶《かな》えば、僕《ぼく》は次《つぎ》の日《ひ》死《し》んでもいい。


僕《ぼく》は、あなたの住《す》む街《まち》で生《う》まれたみたいだけれど、もちろん生《う》まれたときの記憶《きおく》なんてないから、あなたの住《す》む街《まち》がどのような風景《ふうけい》かは分《わ》からないけれど、僕《ぼく》たちの住《す》む島《しま》とは違《ちが》って、たくさんの建物《たてもの》があって、みんな食料《しょくりょう》や衣服《いふく》やお金《かね》を一杯《いっぱい》持《も》っていて、さぞかしお家《うち》も豪華《ごうか》なんでしょうね。

そんな裕福《ゆうふく》な街《まち》が、わずか十《じっ》キロ先《さき》にあるなんて何《なん》だか嘘《うそ》みたいです。だって僕《ぼく》たちが住《す》んでいる島《しま》の端《はし》から端《はし》まで歩《ある》いたら、十五《じゅうご》キロ以上《いじょう》あるんですから……。

正直《しょうじき》言《い》って、街《まち》で生活《せいかつ》している子供《こども》たちが羨《うらや》ましい。ええ分《わ》かっています。僕《ぼく》たちは羨《うらや》ましいと思《おも》ってはいけないのです。本来《ほんらい》、生《い》きることさえ許《ゆる》されないのですから……。

ある日《ひ》、島《しま》にやってきた商人《しょうにん》にこう言《い》われました。お前《まえ》たちは生《う》まれてきたこと自体《じたい》が罪《つみ》なのだぞ、と。だから羨《うらや》ましいだなんてとんでもない。今《いま》こうして島《しま》で生《い》きられていることに、感謝《かんしゃ》しなければいけませんね……。

僕《ぼく》たちの住《す》む島《しま》は広《ひろ》いけれど、僕《ぼく》たちは島《しま》の中心《ちゅうしん》からほとんど出《で》ることはありません。竹《たけ》とヤシの葉《は》で造《つく》った住居《じゅうきょ》が十五戸《じゅうごこ》あって、この島《しま》には今八十三人《いまはちじゅうさんにん》の子供《こども》がいますから、一戸《いっこ》に五《ご》、六人《ろくにん》の子供《こども》が暮《く》らしていることになります。一番下《いちばんした》は三歳《さんさい》。最年長《さいねんちょう》は十三歳《じゅうさんさい》。僕《ぼく》です。島《しま》には電気《でんき》が通《かよ》っていないし、水道《すいどう》だってありません。

住居《じゅうきょ》の中《なか》にある主《おも》なものといえば、調理器具《ちょうりきぐ》と、木《き》の食器《しょっき》、ロウソク、それに、子供《こども》たちの衣服《いふく》でしょうか。

住居《じゅうきょ》のすぐ傍《そば》には、五《ご》メートルから十《じゅう》メートルほどの高《たか》さの樹木《じゅもく》が辺《あた》り一面《いちめん》に茂《しげ》っていて、樹木《じゅもく》にはカカオの実《み》がたくさんなっています。

僕《ぼく》たちの仕事《しごと》は、カカオの実《み》を収穫《しゅうかく》し、街《まち》に出荷《しゅっか》することです。

今日《きょう》はいつも以上《いじょう》に暑《あつ》いです。街《まち》も同《おな》じ天気《てんき》なのでしょうか？

僕《ぼく》は長年《ながねん》この島《しま》で仕事《しごと》をしていますからどんな暑《あつ》さでも大丈夫《だいじょうぶ》ですが、幼《おさな》い子供《こども》たちは疲《つか》れ切《き》っていて、特《とく》に女《おんな》の子《こ》は今《いま》にも倒《たお》れそうです。

それでもみんな仕事《しごと》を止《や》めようとはしません。止《や》めたらどうなるか、幼《おさな》いながら分《わ》かっているからでしょう。

身体中土《からだじゅうつち》や埃《ほこり》で汚《よご》れ、衣服《いふく》はボロボロで汗《あせ》まみれ。

僕《ぼく》もそうですが、生《い》きるために懸命《けんめい》に働《はたら》く子供《こども》たちを見《み》ていると、とても胸《むね》が痛《いた》みます。

できることなら、たくさんの水《みず》を飲《の》ませてあげたいけれど、それはできません。水《みず》がとても高《たか》いのです。

僕《ぼく》には、休《やす》んでいいよ、と言《い》ってやることしかできません。

カカオの収穫《しゅうかく》は、朝《あさ》の七時《しちじ》から空《そら》が暗《くら》くなるまで行《おこな》います。

カカオの実《み》は主《おも》に、チョコレートやココアになるそうですが、僕《ぼく》たちは食《た》べたことがなければ、見《み》たこともありません。

僕《ぼく》たちはみんな、チョコレートやココアがどんな形《かたち》をしているのか、そして、どんな味《あじ》なのか、想像《そうぞう》しながら収穫《しゅうかく》しています……。

＊　＊　＊

収穫《しゅうかく》の仕事《しごと》を終《お》え住居《じゅうきょ》に戻《もど》るやいなや、一緒《いっしょ》に暮《く》らしている九歳《きゅうさい》のカイ、八歳《はっさい》のジュン、それに、五歳《ごさい》のルルがバタリと座《すわ》り込《こ》んでしまいました。

この子《こ》たちだけではないでしょう。他《ほか》の住居《じゅうきょ》の子供《こども》たちもみんな、今《いま》ごろ同《おな》じように倒《たお》れ込《こ》んでしまっているでしょう。

暑《あつ》い中《なか》、一日中《いちにちじゅう》作業《さぎょう》していたのだから無理《むり》もありません。

本音《ほんね》を言《い》うと、僕《ぼく》もルルたちのように座《すわ》って休《やす》みたい気分《きぶん》ですが、そういうわけにはいきません。

僕《ぼく》は早速《さっそく》、お腹《なか》を空《す》かせているカイ、ジュン、ルルのために夕《ゆう》ご飯作《はんづく》りにとりかかります。

と言《い》っても、タロ芋《いも》とバナナを蒸《ふ》かすだけです。

暗《くら》がりの中《なか》で、僕《ぼく》がかまどで火《ひ》をおこし、その上《うえ》に錆《さ》びついた鍋《なべ》を載《の》せると、ミクが隣《となり》にやってきて、少量《しょうりょう》のミネラルウォーターとタロ芋《いも》とバナナを入《い》れてくれました。

ご飯作《はんづく》りはいつも、彼女《かのじょ》と一緒《いっしょ》に行《おこな》います。

ミクは僕《ぼく》と同《おな》い年《どし》で、彼女《かのじょ》も僕《ぼく》と同《おな》じように、生《う》まれてすぐこの島《しま》に『捨《す》てられた』のです。

物心《ものごころ》ついたころにはすでに隣《となり》には彼女《かのじょ》がいて、十三年間《じゅうさんねんかん》ずっと同《おな》じ住居《じゅうきょ》で一緒《いっしょ》に暮《く》らしてきました。

僕《ぼく》は島《しま》の仲間《なかま》たちをとても大事《だいじ》に思《おも》っていますが、やはりそれ以上《いじょう》に、彼女《かのじょ》には特別《とくべつ》な思《おも》いがあります。

それは、一番長《いちばんなが》く一緒《いっしょ》にいるから、という理由《りゆう》だけではないような気《き》がするのです……。

「いい香《かお》りね、リョウ」

僕《ぼく》は、僕《ぼく》と同《おな》じ身長《しんちょう》のミクを振《ふ》り向《む》き、

「そうだね」

ミクは僕《ぼく》を見《み》ると、いつものように微笑《ほほえ》んでくれました。このミクの笑顔《えがお》を見《み》ると、僕《ぼく》は不思議《ふしぎ》と疲《つか》れを忘《わす》れることができます。

ミクが、夕《ゆう》ご飯《はん》が出来上《できあ》がったことをルルたちに告《つ》げると、三人《さんにん》は生《い》き返《かえ》ったように起《お》きて、嬉《うれ》しそうな声《こえ》を上《あ》げながら調理場《ちょうりば》のほうにやってきました。

ミクがロウソクに火《ひ》をつけ、地面《じめん》に置《お》きます。

住居《じゅうきょ》は竹《たけ》とヤシの葉《は》でできていますが、床《ゆか》はありません。下《した》は土《つち》だからロウソクは置《お》きやすいですが、座《すわ》るとひんやり冷《つめ》たいです。

僕《ぼく》が地面《じめん》に胡座《あぐら》をかくと、その上《うえ》に五歳《ごさい》のルルがちょこんと座《すわ》りました。ご飯《はん》を食《た》べるときはいつもこうです。

ミクが、木《き》のコップに水《みず》を注《そそ》ぎ、みんなに配《くば》っていきます。

カイ、ジュン、ルルの三人《さんにん》は座《ざ》の中心《ちゅうしん》にあるタロ芋《いも》とバナナをじっと眺《なが》めています。

街《まち》で生活《せいかつ》する人々《ひとびと》に僕《ぼく》たちの食事《しょくじ》を見《み》せたら馬鹿《ばか》にされるかもしれないけれど、僕《ぼく》たちにとってはタロ芋《いも》とバナナはご馳走《ちそう》です。

僕《ぼく》たちはとてもお腹《なか》が空《す》いているけれど、一気《いっき》に食《た》べてしまうのではなく、一口一口《ひとくちひとくち》感謝《かんしゃ》しながらタロ芋《いも》とバナナを食《た》べていきます。

「おいしいかい?」

カイ、ジュン、ルルに聞《き》くと、三人《さんにん》は口《くち》をモグモグさせながら、

「おいしい」

と大《おお》きな声《こえ》で答《こた》えました。不安《ふあん》や恐怖《きょうふ》を忘《わす》れたような、とてもいい笑顔《えがお》です。

「リョウ兄《にい》ちゃんは、おいしい？」

今度《こんど》はルルが僕《ぼく》の顔《かお》を見上《みあ》げ、そう聞《き》いてきました。僕《ぼく》はルルの頭《あたま》を優《やさ》しく撫《な》でながらうなずきました。

「少《すこ》しだけれど、みんな、おかわりあるからね」

ミクが、そう言《い》いました。

僕《ぼく》は、おかわりがあることにとても幸《しあわ》せを感《かん》じます。

週《しゅう》に二回《にかい》、街《まち》の商人《しょうにん》たちが大《おお》きな船《ふね》で島《しま》にやってきて、僕《ぼく》たちはカカオの実《み》をお金《かね》に換《か》えます。そこで商人《しょうにん》たちから食料《しょくりょう》を買《か》っているのですが、カカオの実《み》で得《え》たお金《かね》だけでは、僕《ぼく》たちはタロ芋《いも》とバナナは買《か》えません。

街《まち》に住《す》む、名前《なまえ》も、年齢《ねんれい》も、性別《せいべつ》さえも分《わ》からないある人物《じんぶつ》が、僕《ぼく》たちにお金《かね》を寄付《きふ》してくれるおかげで、僕《ぼく》たちはこうして栄養《えいよう》のあるタロ芋《いも》とバナナを食《た》べることができるのです。

お金《かね》は、商人《しょうにん》たちと一緒《いっしょ》にやってくるシュウ先生《せんせい》が渡《わた》してくれます。

シュウ先生《せんせい》は、医者《いしゃ》です。

どうやら、とても仲《なか》が良《よ》いようなのです。

だから僕《ぼく》はシュウ先生《せんせい》に会《あ》うたびに、島《しま》のみんなの思《おも》いを伝《つた》えてほしいと頼《たの》んでいます。

名前《なまえ》も、年齢《ねんれい》も、性別《せいべつ》さえも分《わ》からない、お金《かね》を寄付《きふ》してくれる人物《じんぶつ》は、僕《ぼく》たちの命《いのち》の恩人《おんじん》です。

寄付金《きふきん》がなければきっと、こうしてルルたちの笑顔《えがお》を見《み》ることはできなかったことでしょう。

僕《ぼく》たちはみんな餓死《がし》していたでしょうから……。


夕食《ゆうしょく》を終《お》えると、僕以外《ぼくいがい》の四人《よにん》はほとんど会話《かいわ》をすることなく寝《ね》てしまいました。

まだ幼《おさな》いカイ、ジュン、ルルの三人《さんにん》は、ミクに寄《よ》り添《そ》うようにして寝《ね》ています。

四人《よにん》の寝顔《ねがお》を見《み》ていると、自分《じぶん》の置《お》かれた状況《じょうきょう》や運命《うんめい》を忘《わす》れ、とても落《お》ち着《つ》いた気分《きぶん》になります。

僕《ぼく》は四人《よにん》を起《お》こさぬよう、いつものように外《そと》に出《で》ました。

今日《きょう》も、何《なん》だか寂《さび》しい夜空《よぞら》です。

まるで、島《しま》の子供《こども》たちの気持《きも》ちを表《あらわ》しているようです。

ところであなたは今日《きょう》、どんな一日《いちにち》を過《す》ごしましたか？

何事《なにごと》もなく、平和《へいわ》な一日《いちにち》であったことを信《しん》じます。

僕《ぼく》たちのほうは、今日《きょう》も一日仲間《いちにちなかま》を失《うしな》うことなく過《す》ごすことができました。

毎日仕事《まいにちしごと》が辛《つら》くたっていい、お金《かね》に困《こま》ってたっていい、誰《だれ》も死《し》ぬことなく過《す》ごすことができたら、どんなに幸《しあわ》せでしょう……。

部屋《へや》に戻《もど》った僕《ぼく》は、四人《よにん》を起《お》こさぬようそっと歩《あゆ》み寄《よ》り、ルルの隣《となり》に横《よこ》たわると、ルルを抱《だ》き寄《よ》せました。

今《いま》にも骨《ほね》が折《お》れてしまいそうな、細《ほそ》い身体《からだ》です。

ルルの頭《あたま》を撫《な》でる僕《ぼく》の瞳《ひとみ》には今《いま》、隣《となり》で眠《ねむ》るミクの寝顔《ねがお》が映《うつ》っています。

見《み》つめていると、何《なん》でしょうかこの気持《きも》ちは。

僕《ぼく》は自分《じぶん》の胸《むね》に手《て》を当《あ》てたあと、無意識《むいしき》のうちにミクの手《て》を、握《にぎ》っていました。

急《きゅう》に涙《なみだ》が出《で》たのは、どちらが先《さき》に死《し》ぬかは分《わ》かりませんが、いずれにせよもうじき別《わか》れのときがやってくるのではないかと考《かんが》えてしまったからです。

僕《ぼく》は毎日《まいにち》、いつか島《しま》に本当《ほんとう》の平和《へいわ》が訪《おとず》れることを祈《いの》っていますが、それは叶《かな》わぬ望《のぞ》みなのでしょうか……。

翌日《よくじつ》の、ことでした。

僕《ぼく》たちはいつもどおり朝《あさ》の六時《ろくじ》に起《お》き、朝食《ちょうしょく》を食《た》べ、七時《しちじ》ちょうどに仕事《しごと》を開始《かいし》しました。

この日《ひ》も島《しま》に住《す》む大勢《おおぜい》の子供《こども》たちが、生《い》きていくために一生懸命《いっしょうけんめい》カカオを収穫《しゅうかく》していきます。

幸《さいわ》い、今日《きょう》はいつもよりも気温《きおん》、湿度《しつど》、ともに低《ひく》く、それでも三十五度《さんじゅうごど》はありますが、僕《ぼく》たちにとってはとても過《す》ごしやすい天気《てんき》でした。

ちょうど、十一時《じゅういちじ》を回《まわ》ったころでしょうか。

休《やす》むことなくせっせと働《はたら》いていたルルが、地面《じめん》に座《すわ》り込《こ》んだのです。

ルルはまだ五歳《ごさい》です。体力《たいりょく》のないルルは、だいたいこの時間《じかん》になるといつも休憩《きゅうけい》をとるのです。

「ルル、お家《うち》で休《やす》んでなよ」

「うん、無理《むり》しちゃだめだよ」

カイとジュンが、優《やさ》しく声《こえ》をかけます。

「お家《うち》で、お水《みず》飲《の》んできなさい」

ミクがそう言《い》うと、ルルはうなずき立《た》ち上《あ》がり、住居《じゅうきょ》のほうへと歩《ある》いていきました。

それはいつもの光景《こうけい》で、僕《ぼく》は何《なに》も心配《しんぱい》はしていなかったのです。

しかしその直後《ちょくご》でした。

急《きゅう》にルルがふらつき、地面《じめん》に倒《たお》れたのです。

「ルル！」

僕《ぼく》たちはルルに駆《か》け寄《よ》り抱《だ》き上《あ》げました。

ルルは意識《いしき》はあるものの、呼吸《こきゅう》が荒《あら》く、熱《ねつ》もあります。

近《ちか》くにいた他《ほか》の子供《こども》たちもやってきましたが、声《こえ》をかける者《もの》はおらず、全員《ぜんいん》が哀《あわ》れむような目《め》で見《み》ているだけです。

同《おな》じ住居《じゅうきょ》に住《す》む僕《ぼく》たちも悔《くや》しいですが、この時点《じてん》で諦《あきら》めざるをえませんでした。

神様《かみさま》は、なんて残酷《ざんこく》なのでしょう。

僕《ぼく》たちの命《いのち》は長《なが》くはなく、いつかは順番《じゅんばん》が回《まわ》ってくるのは分《わ》かっています。でもなぜ最年長《さいねんちょう》の僕《ぼく》ではなく、まだ五歳《ごさい》のルルなのでしょうか。

僕《ぼく》はただ、ルルの細《ほそ》い身体《からだ》を抱《だ》きしめてやることしかできませんでした。

「どうしてルルなの？　どうして、私《わたし》じゃないの……」

僕《ぼく》の隣《となり》で、ミクがそう叫《さけ》びました。

僕《ぼく》はルルを抱《かか》えながら住居《じゅうきょ》に戻《もど》り、彼女《かのじょ》を冷《つめ》たい地面《じめん》に寝《ね》かせてやりました。

ルルは顔《かお》を真《ま》っ赤《か》にして、激《はげ》しく呼吸《こきゅう》を繰《く》り返《かえ》しています。

かなり危険《きけん》な状態《じょうたい》であることは分《わ》かっていますが、僕《ぼく》たちには、市販《しはん》の安《やす》い解《げ》熱薬《ねつやく》しか与《あた》えてやることができません。

僕《ぼく》たちはルルの手《て》を取《と》り、彼女《かのじょ》の症状《しょうじょう》が少《すこ》しでもおさまることを、願《ねが》います。

今《いま》、島《しま》には、ルルのようにこうして苦《くる》しんでいる子供《こども》が他《ほか》に三人《さんにん》もいます。

僕《ぼく》は見《み》たくはないですが、無意識《むいしき》のうちにルルの腕《うで》に目《め》を向《む》けていました。

ルルの腕《うで》には、『×』の焼《や》き印《いん》があります。

ルルだけではありません。誰《だれ》がつけたのか僕《ぼく》には記憶《きおく》がありませんが、島《しま》の子供《こど》たち全員《ぜんいん》、腕《うで》に『×』の焼《や》き印《いん》があります。

実《じつ》を言《い》うと僕《ぼく》たちは全員《ぜんいん》、あるウイルスに感染《かんせん》しているのです。

だからみんなこの島《しま》に捨《す》てられたのだと、僕《ぼく》は考《かんが》えています。

その病気《びょうき》は潜伏期間《せんぷくきかん》が長《なが》く、何《なに》も治療《ちりょう》をしなかった場合《ばあい》でも約十年間《やくじゅうねんかん》は生《い》きられるけれど、発症《はっしょう》するとさまざまな合併症《がっぺいしょう》が起《お》こり、長《なが》くは生《い》きられないんだと、小《ちい》さいころシュウ先生《せんせい》に教《おそ》わりました。

一番《いちばん》ショックだったのは、発症《はっしょう》を遅《おく》らせる薬《くすり》はあるけれど、治《なお》す薬《くすり》はないと言《い》われた瞬間《しゅんかん》です。

もっとも僕《ぼく》たちには、発症《はっしょう》を遅《おく》らせる薬《くすり》を買《か》うことはできないのだけれど……。

今《いま》までの経験《けいけん》からすると、ルルの身体《からだ》の中《なか》では今病《いまやまい》が発症《はっしょう》していて、風邪《かぜ》をこじらせ肺炎《はいえん》で苦《くる》しんでいるのだと思《おも》うのです。

僕《ぼく》はせめて今《いま》の症状《しょうじょう》が良《よ》くなる薬《くすり》を与《あた》えてやりたいけれど、買《か》ってやることができない。

街《まち》に住《す》むとある人物《じんぶつ》が寄付金《きふきん》を与《あた》えてくれているけれど、薬代《くすりだい》にあてたら、今度《こんど》はみんながご飯《はん》を食《た》べられなくなってしまうから……。

僕《ぼく》とミクは、ルルの手《て》を強《つよ》く握《にぎ》りしめました。

ルルが、うっすらと目《め》を開《あ》けたからです。

「リョウ兄《にい》ちゃん、ミク姉《ねえ》ちゃん、カイくん、ジュンくん」

今《いま》にも消《き》え入《い》りそうな、弱々《よわよわ》しい声《こえ》です。

「なんだい？」

僕《ぼく》が聞《き》き返《かえ》すと、ルルは一言《ひとこと》こう言《い》いました。

「……ありがとう」

五歳《ごさい》ながら、ルルも薬《くすり》を買《か》う余裕《よゆう》がないことと、あとは死《し》を待《ま》つだけだということを、知《し》っているのです。

シュウ先生《せんせい》が島《しま》に来《き》てくれたのは、翌日《よくじつ》の午後《ごご》でした。黒《くろ》い大《おお》きな船《ふね》が島《しま》に着《つ》くと、島《しま》の子供《こども》たちは一斉《いっせい》に、収穫《しゅうかく》したカカオの実《み》を船《ふね》に運《はこ》んでいきます。

今日島《きょうしま》にやってきたのは、シュウ先生《せんせい》と五人《ごにん》の商人《しょうにん》です。みんな僕《ぼく》たちと同《おな》じように浅黒《あさぐろ》い肌《はだ》をしていますが、僕《ぼく》たちとは違《ちが》って健康的《けんこうてき》な身体《からだ》つきで、肌艶《はだつや》もいいです。

白衣《はくい》を着《き》たシュウ先生《せんせい》と目《め》が合《あ》うと、

「やあ、リョウくん」

先生《せんせい》は五十《ごじゅう》を過《す》ぎていますが、他《ほか》の大人《おとな》たちとは違《ちが》って髪《かみ》はフサフサで、声《こえ》も若々《わかわか》しいです。

先生《せんせい》は僕《ぼく》やミクたちの顔《かお》を見《み》るなり、表情《ひょうじょう》が曇《くも》りました。

「先生《せんせい》、来《き》てください」

いつもはここで、最年長《さいねんちょう》である僕《ぼく》が先生《せんせい》から『寄付金《きふきん》』を貰《もら》って、商人《しょうにん》から貰《もら》うお金《かね》と合《あ》わせて、みんなで食料《しょくりょう》を買《か》うのですが、

「少《すこ》し、待《ま》っててくれるかな」

僕《ぼく》は仲間《なかま》たちにそう告《つ》げて、シュウ先生《せんせい》を住居《じゅうきょ》に連《つ》れていきました。

「ルルちゃんだね？」

住居《じゅうきょ》に着《つ》く前《まえ》、先生《せんせい》が言《い》いました。

「はい、まだ五歳《ごさい》なのに……」

住居《じゅうきょ》に着《つ》くと、先生《せんせい》は地面《じめん》に仰向《あおむ》けになって寝《ね》ているルルに声《こえ》をかけました。

「ルルちゃん、ルルちゃん、聞《き》こえるかな？」

返事《へんじ》は、ありません。

ルルは昨日《きのう》とは違《ちが》い呼吸《こきゅう》は弱《よわ》く、意識《いしき》も朦朧《もうろう》としています。

先生《せんせい》は僕《ぼく》を見《み》ると、残念《ざんねん》そうに首《くび》を振《ふ》りましたが、

「薬《くすり》を、与《あた》えるかね」

そう言《い》いながら、白衣《はくい》から茶封筒《ちゃぶうとう》を取《と》り出《だ》し、

「一週間分《いっしゅうかんぶん》の、お金《かね》だ」

僕《ぼく》は複雑《ふくざつ》な思《おも》いで封筒《ふうとう》を受《う》け取《と》り、中身《なかみ》を見《み》ました。

「一番《いちばん》、安《やす》い薬《くすり》を」

そう言《い》ったとき、ルルがかすかに目《め》を開《ひら》いて、口《くち》をパクパクとさせながら首《くび》を振《ふ》りま

した。

僕《ぼく》はルルを見《み》ていることができなくて、顔《かお》を伏《ふ》せました。

「ねえ先生《せんせい》」

「なんだいリョウくん」

「僕《ぼく》たちにお金《かね》をくれる人《ひと》は、どんな人《ひと》ですか。名前《なまえ》は？　男《おとこ》ですか？　女《おんな》ですか？」

シュウ先生《せんせい》は困《こま》った顔《かお》をして、

「リョウくん、いつも言《い》っているだろう？　何《なに》も教《おし》えてはならないと、言《い》われているんだ」

僕《ぼく》は、名前《なまえ》も、性別《せいべつ》も分《わ》からない、お金《かね》を寄付《きふ》してくれる人物《じんぶつ》に心《こころ》の底《そこ》から感謝《かんしゃ》しています。

寄付金《きふきん》がなければ、僕《ぼく》たちはとっくに死《し》んでいたでしょう。

寄付金《きふきん》をくれる人物《じんぶつ》は僕《ぼく》たちの命《いのち》の恩人《おんじん》であり、また神様《かみさま》のような存在《そんざい》でもあります。

それは、分《わ》かっています。分《わ》かっているのに僕《ぼく》は、僕《ぼく》は図々《ずうずう》しくも、シュウ先生《せんせい》にこう言《い》ってしまったのです。

「もう少《すこ》し、お金《かね》を増《ふ》やしてもらうことって、できないでしょうか……？」

僕《ぼく》がそんなことを言《い》うものだから、シュウ先生《せんせい》は一瞬驚《いっしゅんおどろ》いた表情《ひょうじょう》を浮《う》かべました。

「あ、ごめんなさい、そんなこと、思《おも》っていません」

先生《せんせい》は少《すこ》し考《かんが》えた素振《そぶ》りを見《み》せて、こう言《い》いました。

「リョウくんがそう言《い》ったとは言《い》わずに、それとなく伝《つた》えてみるよ」

僕《ぼく》は、シュウ先生《せんせい》にそう言《い》ってしまったことを後悔《こうかい》し、心《こころ》の中《なか》で寄付金《きふきん》をくれる人物《じんぶつ》に何度《なんど》も謝《あやま》ったのですが、罪悪感《ざいあくかん》と同時《どうじ》に、僕《ぼく》はこのとき恐怖心《きょうふしん》を抱《いだ》いていました。

こんな僕《ぼく》には何《なに》か、天罰《てんばつ》が下《くだ》るのではないかと……。


翌日《よくじつ》の朝《あさ》、辛《かろ》うじて息《いき》をしていたルルの呼吸《こきゅう》が、止《と》まりました。

僕《ぼく》やミクたちは他《ほか》の仲間《なかま》にそれを告《つ》げ、住居《じゅうきょ》の傍《そば》に、みんなで穴《あな》を掘《ほ》りました。

冷《つめ》たい地面《じめん》に仰向《あおむ》けになって寝《ね》ているルルを抱《だ》きかかえた僕《ぼく》は、掘《ほ》った穴《あな》の中《なか》にそっと眠《ねむ》らせ、みんなで少《すこ》しずつ土《つち》を被《かぶ》せていきます。

ほんの数日前《すうじつまえ》まで元気《げんき》な笑顔《えがお》を見《み》せてくれていたのです。僕《ぼく》の膝《ひざ》の上《うえ》にちょこんと乗《の》って一緒《いっしょ》にご飯《はん》を食《た》べていたのです。

僕《ぼく》たちの命《いのち》はあっけないと、つくづく思《おも》います。

酷《ひど》く痩《や》せ細《ほそ》った身体《からだ》が隠《かく》れ、最後顔《さいごかお》に土《つち》を被《かぶ》せるとき、僕《ぼく》たちはルルに声《こえ》をかけました。

「ルル、今《いま》まで本当《ほんとう》にありがとう。さようなら」

小《ちい》さな墓《はか》にルルを埋《う》めた一時間後《いちじかんご》には、僕《ぼく》たちはカカオの実《み》を収穫《しゅうかく》していました。

またしばらくしたら、島《しま》に新《あたら》しく子供《こども》がやってきて、四人《よにん》となった僕《ぼく》たちの住居《じゅうきょ》で、生活《せいかつ》することになるでしょう。

十三年間《じゅうさんねんかん》、その繰《く》り返《かえ》しでした。

いや……。

僕《ぼく》は、次《つぎ》にやってくる子供《こども》と会《あ》うことはないかもしれません。

何《なん》だか、そんな気《き》がするのです……。

＊　＊　＊

それは、ルルの死《し》から約一《やくいっ》ヶ月《かげつ》が経《た》ったころのことでした。

この日《ひ》、街《まち》から商人《しょうにん》とシュウ先生《せんせい》が島《しま》にやってきて、僕《ぼく》たちは収穫《しゅうかく》したカカオの実《み》を出荷《しゅっか》し、お金《かね》を得《え》ました。

仕事《しごと》を終《お》えるとシュウ先生《せんせい》が僕《ぼく》のところにやってきて、いつものように白衣《はくい》から茶封筒《ちゃぶうとう》を取《と》り出《だ》しました。

「一週間分《いっしゅうかんぶん》のお金《かね》だ」

僕《ぼく》はつい茶封筒《ちゃぶうとう》にばかり目《め》がいっていて、シュウ先生《せんせい》の様子《ようす》がいつもと違《ちが》うことに、すぐには気《き》づきませんでした。

「ありがとうございます」

お礼《れい》を言《い》っても、シュウ先生《せんせい》は無言《むごん》のままです。

「先生《せんせい》、どうしたんですか？ 元気《げんき》ないですね」

シュウ先生《せんせい》はみんなに注目《ちゅうもく》されていることに気《き》づくと笑《え》みを見《み》せましたが、僕《ぼく》だけに、

「ちょっといいかな」

と言《い》って、船《ふね》から少《すこ》し離《はな》れたところに移動《いどう》したのです。

僕《ぼく》はミクたちと顔《かお》を見合《みあ》わせ、首《くび》を傾《かし》げました。

「ちょっと、待《ま》ってて」

僕《ぼく》はお金《かね》の入《はい》った茶封筒《ちゃぶうとう》を手《て》に持《も》ったまま、先生《せんせい》のところに行《い》きました。

「先生《せんせい》、どうしたんですか」

こんな先生《せんせい》を見《み》るのは初《はじ》めてで、僕《ぼく》は心配《しんぱい》と同時《どうじ》に、何《なん》だか胸騒《むなさわ》ぎを覚《おぼ》えていました。

シュウ先生《せんせい》は僕《ぼく》を振《ふ》り返《かえ》ると、辛《つら》そうな顔《かお》をして言《い》いました。

「リョウくんたちの生活《せいかつ》を知《し》っている私《わたし》からは、とても言《い》いづらいことなんだけれどね」

「なんですか？」

「もしかしたら、今日《きょう》が最後《さいご》になるかもしれない」

先生《せんせい》は、僕《ぼく》が手《て》に持《も》っている茶封筒《ちゃぶうとう》を見《み》ながらそう言《い》ったのです。

僕《ぼく》は恐《おそ》る恐《おそ》る、

「お金《かね》、ですか？」

と尋《たず》ねました。すると先生《せんせい》は目《め》をそらし、小《ちい》さくうなずいたのです。

言葉《ことば》を失《うしな》っている僕《ぼく》に、シュウ先生《せんせい》が言《い》いました。

「今《いま》、君《きみ》たちに寄付《きふ》している人物《じんぶつ》は、病院《びょういん》にいる」

心臓《しんぞう》が、止《と》まる思《おも》いでした。

「どうして」

「昨日《きのう》の昼《ひる》に寄付金《きふきん》を預《あず》かったんだけれどね、夜《よる》、突然倒《とつぜんたお》れたんだ」

「倒《たお》れた……」

「すぐに病院《びょういん》に運《はこ》ばれたんだけれどね、今《いま》も意識《いしき》が戻《もど》っていない。拡張型心筋症《かくちょうがたしんきんしょう》という病気《びょうき》でね」

「カクチョウガタ……？」

「心臓《しんぞう》の病気《びょうき》だよ。とにかく、かなり危険《きけん》な状態《じょうたい》なんだ」

僕《ぼく》は力《ちから》を失《うしな》い、

「もしかして、死《し》んでしまうかもしれないってことですか？」

「覚悟《かくご》しておいてほしい」

僕《ぼく》は立《た》っていられなくなって、その場《ば》にくずおれました。

なんてことでしょう。どうして僕《ぼく》たちに優《やさ》しくしてくれる人《ひと》に災《わざわ》いが起《お》こるのでしょうか……。

僕《ぼく》はつくづく神様《かみさま》は残酷《ざんこく》だと思《おも》いました。

「先生《せんせい》」

「なんだい？」

「僕《ぼく》たちにお金《かね》をくれる人《ひと》のことを、教《おし》えてもらえませんか」

これまでに幾度《いくど》となく同《おな》じ質問《しつもん》をし、そのたびに断《ことわ》られてきましたが、今日《きょう》は違《ちが》いました。

「そうだね」

と言《い》って、シュウ先生《せんせい》はお金《かね》を寄付《きふ》してくれる人物《じんぶつ》について話《はな》してくれたのです。

「リョウくんたちにお金《かね》を寄付《きふ》している人物《じんぶつ》は、実《じつ》は僕《ぼく》と同級生《どうきゅうせい》で、今《いま》はチョコレート会社《がいしゃ》の社長《しゃちょう》……社長《しゃちょう》といっても分《わ》からないか。とにかく、チョコレート会社《がいしゃ》の一番偉《いちばんえら》い人《ひと》なんだよ」

「チョコレート、会社《がいしゃ》」

「そう、君《きみ》たちが収穫《しゅうかく》したカカオをチョコレートにし、外国《がいこく》に売《う》っているんだ」

「そうだったんですか」

「名前《なまえ》は、サダトといってね」

「サダト……」

「君《きみ》たちはサダトに感謝《かんしゃ》しているが、サダトも同《おな》じように君《きみ》たちに感謝《かんしゃ》しているのだよ」

意外《いがい》な言葉《ことば》でした。

「僕《ぼく》たちに、ですか？」

「サダトはね、会社《かいしゃ》がうまくいって、生活《せいかつ》できているのは、島《しま》でカカオを収穫《しゅうかく》している君《きみ》たちのおかげだと思《おも》っている。サダトは私《わたし》によくこう言《い》うんだ。今度《こんど》は自分《じぶん》が、苦《くる》しい生活《せいかつ》をしている子供《こども》たちを助《たす》けたいと。だからサダトは、リョウくんたちに毎週《まいしゅう》寄付《きふ》金《きん》を送《おく》るんだよ」

僕《ぼく》たちの生活《せいかつ》をいつも陰《かげ》で支《ささ》えてくれている人物《じんぶつ》、サダトさんが死《し》んでしまうかもしれないだなんて、僕《ぼく》は今《いま》でも信《しん》じられません。

シュウ先生《せんせい》との会話《かいわ》を終《お》えたあと、ミクたちが何《なに》を話《はな》したのか聞《き》いてきましたが、僕《ぼく》はみんなを心配《しんぱい》させたくなくて、本当《ほんとう》のことは話《はな》しませんでした。

僕《ぼく》はこの日《ひ》の夜《よる》、ミクたちが寝《ね》たあと、いつものように外《そと》に出《で》て、夜空《よぞら》を見上《みあ》げました。

今日《きょう》も島《しま》の空《そら》には星《ほし》が二《ふた》つしか見《み》えません。

僕《ぼく》はその星《ほし》を見《み》つめ、サダトさんの命《いのち》が助《たす》かることを、星《ほし》が見《み》えなくなるまで祈《いの》りました。

しかし、それから三日後《みっかご》のことです。

街《まち》から船《ふね》がやってきたのですが、いつもいるはずのシュウ先生《せんせい》が、乗《の》っていなかったのです……。

シュウ先生《せんせい》が船《ふね》に乗《の》っていないことを知《し》った僕《ぼく》は、サダトさんに何《なに》かあったのではないかと直感《ちょっかん》しました。

僕《ぼく》は作業《さぎょう》を中断《ちゅうだん》して、商人《しょうにん》のもとに向《む》かいました。

「シュウ先生《せんせい》は、どうしたんですか？」

商人《しょうにん》はカカオの実《み》を船《ふね》に積《つ》み込《こ》みながら、

「なんでも友人《ゆうじん》が亡《な》くなったから、来《こ》られないらしいぞ」

淡々《たんたん》とした口調《くちょう》でそう言《い》ったのです。

時《とき》が止《と》まったように、僕《ぼく》は長《なが》い時間《じかん》その場《ば》から動《うご》けませんでした。

サダトさんが、死《し》んだ……。

信《しん》じたくはありませんが、僕《ぼく》は現実《げんじつ》を受《う》け入《い》れざるをえませんでした。

いつの日《ひ》かサダトさんに会《あ》えることを信《しん》じ、できればいつも夢《ゆめ》で見《み》るように一緒《いっしょ》にチョコレートを食《た》べてみたいと願望《がんぼう》を抱《いだ》いてきましたが、その夢《ゆめ》はもう叶《かな》いません。

サダトさんはもう、土《つち》の中《なか》で眠《ねむ》っているのでしょうか。

最後《さいご》にせめて、サダトさんに直接《ちょくせつ》お礼《れい》を言《い》いたい。できればそのときに、サダトさんの洋服《ようふく》、大事《だいじ》にしていたもの、何《なん》でもいいから譲《ゆず》ってもらいたい。

この島《しま》に、サダトさんのお墓《はか》を作《つく》ってあげたいのです。

僕《ぼく》はいつしか、岸《きし》に泊《と》まっている黒《くろ》い船《ふね》を見《み》つめていました。

僕《ぼく》は引《ひ》きつけられるように船《ふね》に歩《あゆ》み寄《よ》り、誰《だれ》にも見《み》られていないことを確《たし》かめると、たくさん積《つ》まれているコンテナの隙間《すきま》に入《はい》り、ばれないよう小《ちい》さく屈《かが》みました。

それから、何分《なんぷん》が経《た》ったでしょうか。みんなが僕《ぼく》を捜《さが》しているのが分《わ》かります。

僕《ぼく》は口《くち》に手《て》を当《あ》て、下《した》を向《む》いてじっとしていました。
商人《しょうにん》たちも不思議《ふしぎ》には思《おも》っているでしょうが、結局誰《けっきょくだれ》も僕《ぼく》が船《ふね》に乗《の》っていることには気《き》づかぬまま船《ふね》に乗《の》り込《こ》み、エンジンをかけたのでした。

いよいよ、船《ふね》が街《まち》に向《む》け動《うご》き出《だ》しました。
ほんの少《すこ》しの時間《じかん》でいい。サダトさんに会《あ》えることを祈《いの》ります。
ずっと僕《ぼく》は目《め》を閉《と》じたままでしたが、そっと目《め》を開《あ》けてみました。
僕《ぼく》の瞳《ひとみ》に映《うつ》る島《しま》が、だんだん小《ちい》さくなっていきます。
僕《ぼく》はみんなに黙《だま》って島《しま》を出《で》てきてしまったことを申《もう》し訳《わけ》なく思《おも》います。
次《つぎ》に頭《あたま》を過《よぎ》ったのは、これからの僕《ぼく》たちの生活《せいかつ》です。
この先《さき》、サダトさんの寄付金《きふきん》がない状態《じょうたい》で生活《せいかつ》していかなければなりません。
僕《ぼく》は不安《ふあん》を覚《おぼ》え、だんだん冷静《れいせい》に物事《ものごと》を考《かんが》えられなくなってきました。
原因《げんいん》は、船《ふね》のこの揺《ゆ》れでしょうか。
とても気分《きぶん》が悪《わる》いのです。身体《からだ》がだんだん冷《つめ》たくなっていくのが分《わ》かります。
僕《ぼく》は、これは神様《かみさま》が僕《ぼく》に与《あた》えた試練《しれん》なんだと思《おも》うようにしました。
僕《ぼく》は目《め》を閉《と》じ、この辛《つら》さを我慢《がまん》すれば、サダトさんに会《あ》えるんだと自分《じぶん》に言《い》い聞《き》かせます。

昔《むかし》、島《しま》から街《まち》まで約十《やくじっ》キロだとシュウ先生《せんせい》は言《い》っていたので、それほど長《なが》い時間船《じかんふね》には乗《の》っていなかったでしょうが、今《いま》の僕《ぼく》にはとても長《なが》い時間《じかん》に感《かん》じられました。

でも船《ふね》が街《まち》に着《つ》いてもすぐに降《お》りることはできません。

商人《しょうにん》たちがカカオの実《み》や、僕《ぼく》たちに売《う》るためだった食料《しょくりょう》を船《ふね》から降《お》ろしているのです。

船《ふね》が街《まち》に着《つ》いてから、だいたい三十分《さんじっぷん》が経《た》ったころ、ようやく商人《しょうにん》たちが船《ふね》から去《さ》っていきました。

僕《ぼく》はコンテナの陰《かげ》からそっと出《で》て、誰《だれ》にも見《み》られていないのを確《たし》かめながら、船《ふね》から降《お》りたのです。

まだとても気分《きぶん》が悪《わる》いですが、僕《ぼく》は歩《ある》き出《だ》しました。

前方《ぜんぽう》には、島《しま》とは違《ちが》ってたくさんの建物《たてもの》が建《た》ち並《なら》び、でこぼこ道《みち》の上《うえ》をたくさんの物体《ぶったい》が走《はし》っていますが、あれらが前《まえ》に、シュウ先生《せんせい》が言《い》っていた車《くるま》やバイクでしょうか。

僕《ぼく》は初《はじ》めての光景《こうけい》に驚《おどろ》きましたが、想像《そうぞう》とは違《ちが》って街全体《まちぜんたい》が汚《きたな》く、古《ふる》いものばかりです。

実《じっ》は、船《ふね》から降《お》りた時点《じてん》で気《き》づいていたのですが、空気《くうき》も汚《きたな》いのです。

僕《ぼく》は、本当《ほんとう》にここがサダトさんが暮《く》らしていた街《まち》なのかと疑問《ぎもん》を抱《いだ》きつつ、誰《だれ》かにサダトさんの家《いえ》を聞《き》こうと、建物《たてもの》が建《た》ち並《なら》ぶほうへと歩《ある》きました。

でも、どうしてでしょうか。

船《ふね》から降《お》りて少《すこ》し時間《じかん》が経《た》てば気分《きぶん》は良《よ》くなる、と思《おも》っていましたが、それどころか悪《わる》くなる一方《いっぽう》で、手足《てあし》が震《ふる》えだし、呼吸《こきゅう》も苦《くる》しくなってきたのです。

船《ふね》に乗《の》っているとき僕《ぼく》は寒気《さむけ》を感《かん》じていましたが、そっと額《ひたい》に手《て》を当《あ》ててみました。

僕《ぼく》は少《すこ》しの間《あいだ》、その場《ば》から動《うご》けませんでした。

どうやら原因《げんいん》は、船《ふね》の揺《ゆ》れではなかったようです。

身体《からだ》の中《なか》で病《やまい》が発症《はっしょう》し、合併症《がっぺいしょう》を起《お》こせば僕《ぼく》たちの命《いのち》があっけないことを、僕《ぼく》はよく知《し》っています。

僕《ぼく》は再《ふたた》び歩《ある》き出《だ》しましたが、ふと力《ちから》が抜《ぬ》けて転《ころ》んでしまいました。

そのときです。

「リョウ！」

ミクの声《こえ》が聞《き》こえたのです。僕《ぼく》は最初《さいしょ》聞《き》こえたような気《き》がしただけかと思《おも》いましたが、幻《まぼろし》ではなく、僕《ぼく》の身体《からだ》をミクが抱《だ》きかかえてくれたのです。

「ミク、どうして……ここに」

「リョウこそ、どうして船《ふね》に乗《の》ったのよ」

僕《ぼく》はこのとき、僕《ぼく》が船《ふね》に乗《の》ったのを見《み》ていたミクが、同《おな》じようにこっそりと船《ふね》に乗《の》った光景《こうけい》を想像《そうぞう》しました。

僕《ぼく》は、とても自分勝手《じぶんかって》な考《かんが》えですが、最後《さいご》にミクと一緒《いっしょ》にいられて、よかったと思《おも》いました。

僕《ぼく》の容態《ようだい》を見《み》て、額《ひたい》に手《て》を当《あ》てたミクが静《しず》かに涙《なみだ》を流《なが》しました。

「とうとう、僕《ぼく》に順番《じゅんばん》が回《まわ》ってきたみたいだね」

ミクは首《くび》を振《ふ》りました。

「そんな悲《かな》しいこと、言《い》わないで」

「いいんだ、そろそろ僕《ぼく》の番《ばん》だって分《わ》かっていたから。でもその前《まえ》に、どうしてもサダトさんに会《あ》いたい」

「サダトさん……？」

「僕《ぼく》たちにお金《かね》をくれていた人《ひと》の名前《なまえ》だよ」

「三日前《みっかまえ》、シュウ先生《せんせい》と二人《ふたり》で話《はな》していたけど、そのことだったのね？」

「三日前《みっかまえ》、サダトさんは病気《びょうき》で苦《くる》しんでいたんだ。だからシュウ先生《せんせい》、僕《ぼく》にサダトさんのことを教《おし》えてくれたんだよ」

「まさか……」

僕《ぼく》は、ミクにうなずきました。

「死《し》んでしまったそうだよ。だから僕《ぼく》は最後《さいご》にサダトさんにお礼《れい》を言《い》いたくて、船《ふね》に乗《の》ったんだ」

「そうだったの。でも、この身体《からだ》じゃ無理《むり》よ」

僕《ぼく》はミクの助《たす》けを借《か》りて立《た》ち上《あ》がりました。フラフラしますが、何《なん》とか歩《ある》けます。

「無理《むり》しちゃだめよ。まずはシュウ先生《せんせい》を捜《さが》しましょう」

ミクが言《い》おうとしていることは分《わ》かります。でも僕《ぼく》は首《くび》を振《ふ》りました。

「そんな時間《じかん》、ないよ。早《はや》くサダトさんのところに行《い》かないと、会《あ》えないかもしれないんだ」

「でも」

「それに、シュウ先生《せんせい》のところに行《い》ったたって意味《いみ》ないよ。助《たす》からないいんだから」

「……」

「僕《ぼく》は死《し》ぬ前《まえ》に、どうしてもサダトさんに会《あ》いたいんだ。分《わ》かってくれるよね、ミク」

ミクは涙《なみだ》を拭《ぬぐ》い、うなずいてくれました。

「分《わ》かった。行《い》きましょう」

僕《ぼく》はミクにありがとうと言《い》って、彼女《かのじょ》の肩《かた》を借《か》りながら歩《ある》きます。

僕《ぼく》たちは、島《しま》の人間《にんげん》であることがばれぬよう腕《うで》の焼《や》き印《いん》を隠《かく》しながら、道行《みちゆ》く若《わか》い女《じょ》性《せい》にサダトさんの家《いえ》がどこにあるのか尋《たず》ねてみました。

最初女性《さいしょじょせい》は首《くび》を傾《かし》げましたが、チョコレート会社《がいしゃ》の社長《しゃちょう》をしていると言《い》うと女性《じょせい》はすぐに、

「『サダト製菓《せいか》』ね」

と言《い》いました。

女性《じょせい》は海《うみ》を背《せ》にして、山《やま》の見《み》える方《ほう》を指《ゆび》さし、

「ここを真《ま》っ直《す》ぐ二《に》、三《さん》キロ歩《ある》くと、『サダト製菓《せいか》』と書《か》かれた工場《こうじょう》が見《み》えてくるわ。そこが、サダトさんの家《いえ》よ」

と教《おし》えてくれました。

僕《ぼく》は、二《に》、三《さん》キロという距離《きょり》に少《すこ》し動揺《どうよう》しましたが、もちろん迷《まよ》いはありません。

僕《ぼく》たちは女性《じょせい》にお礼《れい》を言《い》って、工場《こうじょう》を目指《めざ》して歩《ある》き出《だ》しました。

工場《こうじょう》まで、あとどれくらいの距離《きょり》でしょうか。

歩《ある》けども、歩《ある》けども、工場《こうじょう》が見《み》えてこないのです。

当然《とうぜん》です。今《いま》の僕《ぼく》は、赤《あか》ん坊《ぼう》の『はいはい』と同《おな》じくらい遅《おそ》いのです。

まるで身体中《からだじゅう》に重《おも》い物《もの》をつけられているようです。

本当《ほんとう》は少《すこ》し休《やす》みたいですが、足《あし》を止《と》めるわけにはいきません。僕《ぼく》にはもう、あまり時《じ》間《かん》が残《のこ》されていないからです。

だんだん熱《ねつ》が上《あ》がり、少《すこ》しずつ意識《いしき》が薄《うす》れてきたのです。

僕《ぼく》の命《いのち》はまるで、今《いま》にもなくなりそうなロウソクのようです。

ミクの支《ささ》えがなければ、僕《ぼく》の命《いのち》はとっくに消《き》えているでしょう。

思《おも》えば、いつも隣《となり》にはミクがいました。

そしていつも僕《ぼく》は、気《き》づけばミクを見《み》つめていたのです。

僕《ぼく》はミクに特別《とくべつ》な思《おも》いを抱《いだ》いていますが、この感情《かんじょう》はいったい何《なん》と言《い》うのでしょうか。

僕《ぼく》は最後《さいご》、ミクにずっと抱《いだ》いていた思《おも》いを伝《つた》えたいのですが、どう言葉《ことば》にしたらよいのか分《わ》かりません。

ありがとう、でいいのでしょうか？　何《なん》となく違《ちが》う気《き》がするのです。

僕《ぼく》はでこぼこ道《みち》を歩《ある》きながら、そっとミクの横顔《よこがお》を見《み》つめました。

僕《ぼく》は本当《ほんとう》に自分勝手《じぶんかって》な人間《にんげん》です。

ミクが悲《かな》しんでいるにもかかわらず、僕《ぼく》は今《いま》、ミクの死《し》ぬ姿《すがた》を見《み》る前《まえ》に、死《し》ぬことができて良《よ》かったと思《おも》ったからです。

たった二《に》、三《さん》キロの距離《きょり》でしたが、僕《ぼく》には長《なが》い長《なが》い道《みち》のりでした。

ミクがふと前方《ぜんぽう》を指《ゆび》さし、

「あったわ、『サダト製菓《せいか》』」

と言《い》ったのです。

僕《ぼく》はそう言《い》われても、遠《とお》くの景色《けしき》がぼやけていてどこなのか分《わ》かりませんでしたが、近《ちか》づくとようやく僕《ぼく》にも『サダト製菓《せいか》』の文字《もじ》が見《み》えたのです。

僕《ぼく》はフラフラになりながら、ようやくチョコレート工場《こうじょう》の前《まえ》に到着《とうちゃく》しました。

ですが、僕《ぼく》は自分《じぶん》の目《め》を疑《うたが》いました。

僕《ぼく》はてっきり大《おお》きな工場《こうじょう》を想像《そうぞう》していたのですが、とても小《ちい》さな工場《こうじょう》なのです。

同《おな》じ敷地内《しきちない》に家《いえ》がありますが、本当《ほんとう》にサダトさんの家《いえ》なのでしょうか？

僕《ぼく》は、サダトさんはとてもお金持《かねも》ちだと思《おも》っていて、家《いえ》もさぞかし大《おお》きいものだと思《おも》い込《こ》んでいましたが、想像《そうぞう》とは正反対《せいはんたい》で、小《ちい》さくて古《ふる》い家《いえ》なのです。

これは、いったいどういうことなのでしょうか？

サダトさんは、実《じつ》はお金持《かねも》ちではなかったということでしょうか？

それなのに、苦《くる》しい生活《せいかつ》をしている僕《ぼく》たちを助《たす》けようと、毎週《まいしゅう》お金《かね》を寄付《きふ》してくれていた……？

僕《ぼく》はふと、いつの日《ひ》かシュウ先生《せんせい》に言《い》った言葉《ことば》を思《おも》い出《だ》しました。

『もう少《すこ》し、お金《かね》を増《ふ》やしてもらうことって、できないでしょうか』

僕《ぼく》は、つくづく自分《じぶん》が嫌《いや》になりました。

この工場《こうじょう》と家《いえ》を見《み》る限《かぎ》り、やっぱりサダトさんがお金持《かねも》ちとは思《おも》えません。

それなのに僕《ぼく》は何《なん》てことを言《い》ってしまったのでしょうか……。

「どうしたのリョウ、さあ早《はや》く行《い》きましょう」

ミクが僕《ぼく》の手《て》を引《ひ》っ張《ぱ》った、そのときでした。

サダトさんの家《いえ》から、僕《ぼく》と同《おな》い年《どし》くらいの少年《しょうねん》が涙《なみだ》を流《なが》しながら出《で》てきたのです。

少年《しょうねん》は僕《ぼく》たちの気配《けはい》に気《き》づいて顔《かお》を上《あ》げたのですが、その瞬間《しゅんかん》、少年《しょうねん》とミクが驚《おどろ》いた表情《ひょうじょう》を見《み》せました。

僕《ぼく》は声《こえ》を出《だ》す力《ちから》がなく、ただ二人《ふたり》の顔《かお》を見《み》ることしかできません。

するとミクが、僕《ぼく》と少年《しょうねん》の顔《かお》を見比《みくら》べながらこう言《い》ったのです。

「リョウが、二人《ふたり》いる」

僕《ぼく》は、ミクの言《い》っている意味《いみ》が全然理解《ぜんぜんりかい》できませんでした。

ミクは理解《りかい》していない僕《ぼく》に、

「リョウと、同《おな》じ顔《かお》なのよ」

と伝《つた》えたのです。

僕《ぼく》は少年《しょうねん》の顔《かお》を見《み》ましたが、そう言《い》われてもミクや少年《しょうねん》のように驚《おどろ》くことはありませんでした。

それは、少年《しょうねん》の顔《かお》がぼやけているからではありません。ちゃんと、見《み》えています。僕《ぼく》は、生《う》まれてから一度《いちど》も自分《じぶん》の顔《かお》を見《み》たことがないのです。だからそう言《い》われても分《わ》からないのです。

僕《ぼく》は少年《しょうねん》の顔《かお》を見《み》ながら、自分《じぶん》はこういう顔《かお》をしているんだ、と思《おも》いました。

僕《ぼく》とは逆《ぎゃく》に、ずっと固《かた》まっていた少年《しょうねん》が信《しん》じられないというように首《くび》を振《ふ》りました。

「嘘《うそ》だろ……」

僕《ぼく》はこのとき、少年《しょうねん》と僕《ぼく》の声《こえ》がとても似《に》ていることを知《し》りました。

少年《しょうねん》が、一歩《いっぽ》、また一歩《いっぽ》と、ゆっくり僕《ぼく》に近《ちか》づいてきます。近《ちか》づいて分《わ》かったのですが、僕《ぼく》と少年《しょうねん》は、どうやら背丈《せたけ》も一緒《いっしょ》のようです。

「どういう、ことだよ」

「ここの、住居《じゅうきょ》の人《ひと》ですか？」

ミクが少年《しょうねん》に尋《たず》ねると、少年《しょうねん》は彼女《かのじょ》をきっと睨《にら》み、

「住居《じゅうきょ》？」

と聞《き》き返《かえ》しました。

「私《わたし》たち、サダトさんに会《あ》いに来《き》たんです。会《あ》えますか」

僕《ぼく》が思《おも》っていることを、ミクが伝《つた》えてくれました。

「お前《まえ》ら誰《だれ》だよ。いったい何《なん》の――」

少年《しょうねん》はきっと、何《なん》の用《よう》だ、と聞《き》こうとしたに違《ちが》いありませんが、なぜか急《きゅう》に動作《どうさ》が止《と》まったのです。

少年《しょうねん》は、僕《ぼく》とミクの腕《うで》の焼《や》き印《いん》に気《き》づいたのでした。

「お前《まえ》たち」

その先《さき》を言《い》おうとした少年《しょうねん》がまたハッとなり、僕《ぼく》を見《み》つめたのです。

少年《しょうねん》はまた、信《しん》じられないというように首《くび》を振《ふ》ると、こう言《い》ったのです。

「嘘《うそ》だろ、嘘《うそ》だろ」

少年《しょうねん》は何《なに》かに気《き》づいたらしく、だんだん息遣《いきづか》いが荒《あら》くなり、恐《おそ》ろしい目《め》で僕《ぼく》を睨《にら》みつけると、突然僕《とつぜんぼく》を突《つ》き飛《と》ばし、家《いえ》に走《はし》っていったのでした。

「リョウ！　リョウ！　しっかりして！」

まだミクの声《こえ》は聞《き》こえますが、だんだん小《ちい》さくなっていきます。

「誰《だれ》か！　誰《だれ》か助《たす》けて！」

ミクが叫《さけ》んだその直後《ちょくご》でした。

サダトさんの家《いえ》から今度《こんど》は一人《ひとり》の大人《おとな》がやってきました。

シュウ先生《せんせい》です。

「リョウくん、ミクちゃん！　どうしてここに！」

「先生《せんせい》！　リョウが、リョウが！」

僕《ぼく》はそこで、気《き》を失《うしな》いました。


ミクとシュウ先生《せんせい》が、僕《ぼく》の名《な》を呼《よ》んでいるのが分《わ》かります。

でも、まるで水《みず》の中《なか》にいるように、はっきりとは聞《き》こえません。

僕《ぼく》はうっすらと目《め》を開《あ》けましたが、目《め》に映《うつ》るものもぼやけています。

辛《かろ》うじて、ミクとシュウ先生《せんせい》の姿《すがた》は分《わ》かります。

いったい、ここはどこでしょうか？

「よかった……リョウ、シュウ先生《せんせい》の病院《びょういん》よ」

よくは見《み》えませんが、とても小《ちい》さな部屋《へや》だということだけは分《わ》かります。

「リョウ？　リョウ？」

ミクは、僕《ぼく》がしゃべるのを期待《きたい》しているようですが、僕《ぼく》にはもうしゃべる力《ちから》が残《のこ》っていません。

呼吸《こきゅう》をするのが、やっとなのです。

僕《ぼく》は、シュウ先生《せんせい》に伝《つた》えたいことがたくさんありますが、シュウ先生《せんせい》に視線《しせん》を向《む》けることしかできないのです。

シュウ先生《せんせい》は、申《もう》し訳《わけ》なさそうに僕《ぼく》に言《い》いました。

「リョウくんすまない。君《きみ》にはまだ話《はな》していないことが、あったんだ。君《きみ》のお母《かあ》さんは君《きみ》と同《おな》じ病気《びょうき》で母子感染《ぼしかんせん》したわけなんだが、実《じつ》は君《きみ》と一緒《いっしょ》に生《う》まれた子供《こども》がいる。分《わ》かっているとは思《おも》うが、さっき会《あ》った少年《しょうねん》だよ。あの子《こ》は、サダトの息《むす》子《こ》だ。つまり、サダトは君《きみ》のお父《とう》さんだったんだよ」

話《はなし》の流《なが》れで薄々感《うすうすかん》じていましたから、僕《ぼく》はさほど驚《おどろ》きませんでしたが、サダトさんが父親《ちちおや》だったなんて、信《しん》じられません。

「少年《しょうねん》の名《な》はキョウといってね、リョウくんの前《まえ》でこういう言《い》い方《かた》はあれだけれどね、彼《かれ》は幸《さいわ》い病気《びょうき》ではなかったんだ」

「リョウだけ島《しま》に捨《す》てるなんてひどいわ」

ミクの声《こえ》が部屋《へや》に響《ひび》きました。

「ご両親二人《りょうしんふたり》の話《はな》し合《あ》いでそういうことになったのだけれどね、サダトは、リョウくんだけを島《しま》に捨《す》ててしまったことをずっと後悔《こうかい》していたんだ。だから毎週寄付金《まいしゅうきふきん》を送《おく》っていたのだよ」

「リョウのお母《かあ》さんは？」

「リョウくんを島《しま》に捨《す》てた三ヶ月後《さんかげつご》に、亡《な》くなったよ」

「リョウを捨《す》てた天罰《てんばつ》よ」

ミクがそう言《い》うとシュウ先生《せんせい》が僕《ぼく》を見《み》ながら言《い》いました。

「そんな言《い》い方《かた》したら、リョウくんが悲《かな》しむよ」

シュウ先生《せんせい》は、サダトさんの話《はなし》に戻《もど》りました。

「二人《ふたり》も見《み》て分《わ》かったろう。サダトはチョコレート会社《がいしゃ》の社長《しゃちょう》といっても裕福《ゆうふく》ではない。本当《ほんとう》は島《しま》に寄付金《きふきん》を送《おく》る余裕《よゆう》なんてないのだよ。それでもリョウくんたちのために、頑《がん》張《ば》って働《はたら》いて寄付金《きふきん》を送《おく》り続《つづ》けていたんだ。余裕《よゆう》がないのは、サダトだけではない。君《きみ》たちは街《まち》で暮《く》らしている者全員《ものぜんいん》が裕福《ゆうふく》だと思《おも》っていただろうが、見《み》てのとおり裕福《ゆうふく》な暮《く》らしをしている者《もの》はほとんどいないんだ。私《わたし》もそうだよ。本当《ほんとう》は、みんなが長《なが》く生《い》きられる薬《くすり》を与《あた》えてやりたい。でも、私《わたし》にはそんなお金《かね》がないんだ」

僕《ぼく》は最後《さいご》の力《ちから》を振《ふ》り絞《しぼ》り、シュウ先生《せんせい》に右手《みぎて》を伸《の》ばしました。

僕《ぼく》はまだ、サダトさんが父親《ちちおや》だったという現実《げんじつ》を受《う》け入《い》れられず複雑《ふくざつ》な思《おも》いですが、それでもやはり、最後《さいご》にサダトさんに会《あ》いたいのです。

僕《ぼく》にはもう時間《じかん》がありません。早《はや》くサダトさん、いえ、お父《とう》さんのところへ連《つ》れて行《い》ってほしいのです。

ミクが、僕《ぼく》の気持《きも》ちを読《よ》み取《と》ってくれました。

「リョウは、サダトさんに会《あ》いたいんです。どうか会《あ》わせてあげてください」

「サダトの遺体《いたい》はまだ埋葬《まいそう》されてはいないが、キョウくんが心配《しんぱい》だね。また混乱《こんらん》するかもしれない」

「そんな、リョウにはもう時間《じかん》がないんですよ先生《せんせい》！」

ミクが涙声《なみだごえ》で訴《うった》えると、シュウ先生《せんせい》は分《わ》かったと言《い》い、僕《ぼく》を抱《かか》えると部屋《へや》を出《で》て、病院《びょういん》の外《そと》に止《と》まっている小《ちい》さな白《しろ》い車《くるま》に乗《の》せてくれました。

「ここからすぐだ。もう少《すこ》しで会《あ》えるからね、リョウくん」

僕《ぼく》の瞳《ひとみ》には今《いま》、うっすらとミクの姿《すがた》が映《うつ》っています。

ミクは僕《ぼく》の手《て》を握《にぎ》りしめ、声《こえ》をかけてくれています。

僕《ぼく》は、ミクに思《おも》いを伝《つた》えられるのは今《いま》しかないと思《おも》ったのですが、どうしても声《こえ》を出《だ》すことができず、ミクの手《て》をそっと握《にぎ》り返《かえ》しました。

すると、僕《ぼく》の頬《ほお》に生暖《なまあたた》かいものがポタリと落《お》ちてきました。

ミクは僕《ぼく》の頬《ほお》を拭《ぬぐ》うと、僕《ぼく》を優《やさ》しく抱《だ》きしめてくれました。

死《し》がそこまで迫《せま》っているというのに、とても心地《ここち》よい気分《きぶん》です。

なぜでしょうか、突然僕《とつぜんぼく》の頭《あたま》の中《なか》に、島《しま》で過《す》ごした十三年間《じゅうさんねんかん》の思《おも》い出《で》が、次《つぎ》から次《つぎ》へと蘇《よみがえ》ってきます。

車《くるま》が停止《ていし》したのは、それからすぐのことでした。

「リョウくん、さあ着《つ》いたぞ！　お父《とう》さんに会《あ》えるぞ！」

神様《かみさま》は、残酷《ざんこく》です。

僕《ぼく》には先生《せんせい》のその言葉《ことば》が、聞《き》こえてはいませんでした。

もう少《すこ》し時間《じかん》を与《あた》えてくれたら、サダトさんに会《あ》えたのに……。

いえ、まだ僕《ぼく》の命《いのち》は消《き》えたわけではありません。

かすかに、心臓《しんぞう》は動《うご》いています。意識《いしき》がないだけなのです。

僕《ぼく》はせめて、まだ命《いのち》の火《ひ》が消《き》えていないうちにサダトさん、いえお父《とう》さんの傍《そば》に行《い》きたかった。

でもそれすらも許《ゆる》されなかったのです。
シュウ先生《せんせい》が僕《ぼく》を抱《かか》えながら家《いえ》の扉《とびら》を開《あ》けた瞬間《しゅんかん》でした。
僕《ぼく》の、かすかにまだ灯《とも》っていた命《いのち》の火《ひ》が、消《き》えたのです。

# 第《だい》三《さん》話《わ》 くろう

基本的《きほんてき》に私《わたし》たちには個別《こべつ》の名前《なまえ》がないが、私《わたし》は、皆《みな》が私《わたし》たちのことを何《なん》と呼《よ》んでいるのかを知《し》っている。

いつからそう呼《よ》ばれるようになったのか、そもそもなぜそのような名前《なまえ》がついたのか、私《わたし》には分《わ》からない。

仲間《なかま》たちがどのように思《おも》っているのかは知《し》らないが、私自身《わたしじしん》は、何《なん》となく響《ひび》きが悪《わる》くて嫌《きら》いだ。

でも、いいんだ。今《いま》は、皆《みな》から勝手《かって》につけられた名前《なまえ》で呼《よ》ばれたって、まったく気《き》にならない。

私《わたし》の住《す》む東京都《とうきょうと》には現在《げんざい》、およそ十四万《じゅうよんまん》ほどの仲間《なかま》がおり、個々《ここ》の名前《なまえ》がないとはいえ、私《わたし》たちには一目見《ひとめみ》ればそれが誰《だれ》なのかが分《わ》かる。

この日《ひ》の午前《ごぜん》、私《わたし》はいつものように子供《こども》たち、そして一緒《いっしょ》に住《す》む弟《おとうと》とともに、食料探《しょくりょうさが》しに出《で》かけていた。

出《で》かけると言《い》っても、私《わたし》の身体《からだ》は生《う》まれつき弱《よわ》く、さらには高齢《こうれい》であったため遠《とお》くまで行《い》くことができず、満足《まんぞく》に食《た》べることはできなかった。

子供《こども》たちはとてもお腹《なか》を空《す》かせており、私《わたし》は不憫《ふびん》に思《おも》うが、心配《しんぱい》はしていない。

正確《せいかく》な時間《じかん》は分《わ》からないが、そろそろ庭《にわ》に出《で》てくるころだと感覚《かんかく》で分《わ》かった。私《わたし》は子《こ》供《ども》たちと弟《おとうと》を連《つ》れて、ある人物《じんぶつ》のもとへと向《む》かった。

その途中《とちゅう》、私《わたし》は死《し》んだ妻《つま》のことを思《おも》い浮《う》かべていた。

長年《ながねん》連《つ》れ添《そ》った妻《つま》が死《し》んだのはおよそ三ヶ月前《さんかげつまえ》。子供《こども》たちを産《う》んで、間《ま》もないころだった。

春《はる》にしては、とても寒《さむ》い日《ひ》だった。

妻《つま》も私《わたし》と同様《どうよう》に高齢《こうれい》で、死《し》ぬ二日前《ふつかまえ》から元気《げんき》がなく、ずっと安静《あんせい》にしていたのだが、だんだん衰弱《すいじゃく》していき、やがて静《しず》かに死《し》んでいった……。

大《おお》きな一戸建《いっこだ》ての庭《にわ》に、車《くるま》イスに座《すわ》った女《おんな》の子《こ》がおり、私《わたし》たちを待《ま》っていた。

私《わたし》は車《くるま》イスに座《すわ》る少女《しょうじょ》を見《み》つめながら、最後《さいご》まで子供《こども》たちを心配《しんぱい》していた妻《つま》に言《い》った。

心配《しんぱい》ない、あの子《こ》が、私《わたし》たちの子供《こども》たちを助《たす》けてくれるから。


少女《しょうじょ》の名《な》は、ミサ。

年《とし》はまったく想像《そうぞう》がつかない。

小《ちい》さくて痩《や》せ細《ほそ》っているミサは、いつもと同《おな》じく髪《かみ》の毛《け》を二《ふた》つに結《むす》んでおり、今日《きょう》は赤《あか》いワンピースを着《き》ている。

ミサはどうやら赤《あか》いワンピースがお気《き》に入《い》りらしい。だいたい二日《ふつか》置《お》きに着《き》ているのだ。

私《わたし》は、まだ私《わたし》たちに気《き》づいていないミサに、『ミサ』と呼《よ》びかけたいが、残念《ざんねん》ながら私《わたし》は『ミサ』と発音《はつおん》することができない……。

私《わたし》たちに気《き》づいたミサが、嬉《うれ》しそうな声《こえ》を発《はっ》した。

ミサはまず私《わたし》の目《め》を見《み》て、

「こんにちはカンちゃん」

と明《あか》るい声《こえ》で挨拶《あいさつ》し、次《つぎ》に弟《おとうと》を見《み》ると、

「こんにちはシバちゃん」

と言《い》った。

そして最後《さいご》にミサは子供《こども》たちを見《み》て、

「モモちゃん、マキちゃん、ハクちゃん、ゴンちゃん、うん、みんな揃《そろ》っているわね。こんにちは」

ペコリと頭《あたま》を下《さ》げたのだった。

『基本的《きほんてき》に私《わたし》たちには個別《こべつ》の名前《なまえ》がない』と私《わたし》は言《い》ったが、それは『私《わたし》たちの世界《せかい》では』という意味《いみ》であり、私《わたし》や弟《おとうと》、そして子供《こども》たちには特別《とくべつ》に名前《なまえ》がある。

私《わたし》は、ミサがつけてくれたカンという名前《なまえ》がとても気《き》に入《い》っていて、呼《よ》ばれるたびに

嬉《うれ》しい気持《きも》ちになるが、やはり残念《ざんねん》ながら自分《じぶん》で『カン』と発音《はつおん》することはできない。

私《わたし》たちがミサに近《ちか》づくと、ミサは手《て》に持《も》っている袋《ふくろ》の中《なか》からパンを取《と》り出《だ》し、お腹《なか》が空《す》いている私《わたし》たちにたくさんのパンを与《あた》えてくれた。

子供《こども》たちは夢中《むちゅう》になって食《た》べている。ミサも同《おな》じように夢中《むちゅう》になって私《わたし》たちを見《み》つめていた。

ミサと出会《であ》ったのは、今《いま》から約半年前《やくはんとしまえ》。

偶然《ぐうぜん》ミサの住《す》む一戸建《いっこだ》てを通《とお》り過《す》ぎたとき、ミサが私《わたし》たちに手《て》を振《ふ》りながら声《こえ》をかけていることに気《き》づき、警戒《けいかい》しながらも近《ちか》づくと、ミサはいったん家《いえ》に戻《もど》り、お菓子《かし》やパンを与《あた》えてくれたのだ。それ以来《いらい》、毎日《まいにち》のように私《わたし》たちはミサに会《あ》いに行《い》っている。

私《わたし》は身体《からだ》が弱《よわ》いせいで、子供《こども》たちにたくさんの食事《しょくじ》を与《あた》えてやることができない。もし仮《かり》にミサに出会《であ》っていなければ、私《わたし》は子供《こども》たちを死《し》なせてしまっていたかもしれない。

私《わたし》たちは住《す》む世界《せかい》が違《ちが》うし、むろん言葉《ことば》だって通《つう》じないが、私《わたし》はミサを、本当《ほんとう》の家族《かぞく》だと思《おも》っている。

私《わたし》がミサに、ありがとうと伝《つた》えると、ミサはいつものように私《わたし》たちに手《て》を差《さ》し伸《の》べたのだった。

私《わたし》たちは車《くるま》イスに座《すわ》るミサとじゃれ合《あ》うが、私《わたし》はふと動作《どうさ》が止《と》まってしまった。幸《しあわ》せな時間《じかん》を過《す》ごしているのに、私《わたし》は時《とき》にこうして怖《こわ》くなる。

ミサは、私《わたし》たちの前《まえ》では明《あか》るく振《ふ》る舞《ま》っているが、顔色《かおいろ》は酷《ひど》く悪《わる》い。日《ひ》に日《ひ》にミサの身体《からだ》が弱《よわ》っているような気《き》がする。

ミサは病気《びょうき》だ。

むろん病名《びょうめい》は分《わ》からないが、病気《びょうき》だということくらい私《わたし》にも分《わ》かる。

私《わたし》はあまり考《かんが》えたくはないが、よくない病気《びょうき》のような気《き》がするのだ。

なぜなら半年前《はんとしまえ》、出会《であ》ったときミサはまだ歩《ある》いていたのだ。それから三ヶ月後《さんかげつご》、急《きゅう》にミサは歩《ある》けなくなり、みるみる痩《や》せ細《ほそ》っていった。

私《わたし》はミサを見《み》ていると、だんだん衰弱《すいじゃく》して死《し》んだ妻《つま》と重《かさ》ねてしまう……。

もう少《すこ》しミサと遊《あそ》んでいたかったが、残念《ざんねん》ながら私《わたし》たちはミサと別《わか》れなければならなくなってしまった。

私《わたし》たちは帰《かえ》る途中《とちゅう》近《ちか》くの公園《こうえん》に寄《よ》り、石垣《いしがき》の前《まえ》で立《た》ち止《ど》まった。

私《わたし》は周囲《しゅうい》を確認《かくにん》しながら、先《さき》ほどミサからもらったパンのあまりを石垣《いしがき》の間《あいだ》に隠《かく》した。

その横《よこ》には、小《ちい》さなクルミとウインナーが並《なら》んでいる。

万《まん》が一《いち》のために、ここに食料《しょくりょう》を隠《かく》しているのだ。ウインナーはすぐに悪《わる》くなるから早《はや》めに食《た》べなければならないけれど。

本当《ほんとう》は、食料《しょくりょう》を隠《かく》したらすぐにこの場《ば》を離《はな》れなければならないのだが、私《わたし》は立《た》ち去《さ》ることはせず、食料《しょくりょう》の奥《おく》に隠《かく》してある水色《みずいろ》のビー玉《だま》を取《と》った。

暗《くら》い中《なか》では水色一色《みずいろいっしょく》だが、太陽《たいよう》の光《ひかり》に当《あ》ててみるとさまざまな色《いろ》に変化《へんか》し、とても美《うつく》しい。

いくら眺《なが》めていても飽《あ》きない不思議《ふしぎ》なガラス玉《だま》。

弟《おとうと》や子供《こども》たちも見《み》とれている。

私《わたし》たちは何《なに》より食料《しょくりょう》が大事《だいじ》だけれど、同《おな》じくらいこのビー玉《だま》が大事《だいじ》だ。

なぜならミサがくれたものだから。

まだ、妻《つま》が生《い》きているころだった。

ミサはビー玉《だま》が大好《だいす》きらしく、そのころいつものように、箱《はこ》にしまってあるたくさんのビー玉《だま》を見《み》せてくれていた。

そんなある日《ひ》、この水色《みずいろ》のビー玉《だま》を私《わたし》たちにくれたのだ。

私《わたし》はそのとき、初《はじ》めて子供《こども》が産《う》まれたときと似《に》た感情《かんじょう》が込《こ》み上《あ》げた。

ミサが大事《だいじ》にしている宝物《たからもの》をくれたということは、ミサも私《わたし》たちのことを本当《ほんとう》の家族《かぞく》だと思《おも》ってくれている、と感《かん》じたからだ。

翌日《よくじつ》の午後《ごご》も、私《わたし》は弟《おとうと》と子供《こども》たちを連《つ》れてミサのもとへと向《む》かったのだが、その間《かん》私《わたし》は、私《わたし》たちにとって永遠《えいえん》のテーマ、ともいうべきあることを考《かんが》えていた。

それは、『私《わたし》たちはなぜ皆《みな》から酷《ひど》く嫌《きら》われているのか』である。

単純《たんじゅん》に、たくさんいるから？　いや、それは私《わたし》たちだけではないはずだ。

それとも、うるさいから？　それも違《ちが》う。私《わたし》たちだけが特別《とくべつ》うるさいわけではない。

ならば、よく悪戯《いたずら》するから？　確《たし》かに悪戯《いたずら》が過《す》ぎるときはあるが、私《わたし》たちだけが迷惑《めいわく》をかけているわけではないのだ。

分《わ》からない。私《わたし》たちが嫌《きら》われる一番《いちばん》の理由《りゆう》とは。

そうか……。

初《はじ》めて気《き》がついたのだが、もしかしたら私《わたし》たちのこの色《いろ》が原因《げんいん》なのだろうか？

皆《みな》、私《わたし》たちを見《み》るだけで気持《きも》ち悪《わる》がって逃《に》げてしまう。

それは、この色《いろ》が原因《げんいん》なのではないか？

私《わたし》がそう思《おも》ったのは、皆《みな》の目《め》から見《み》たら私《わたし》たちはどう映《うつ》っているのか、ということに気《き》づいたからだ。

もし万《まん》が一《いち》、一色《いっしょく》にしか見《み》えていないのだとしたら大間違《おおまちが》いだ。

私《わたし》たちに遭遇《そうぐう》しても、逃《に》げずにじっくりよく見《み》てほしい。

本当《ほんとう》は私《わたし》たちは一色《いっしょく》ではなくて、青《あお》、緑《みどり》、紫《むらさき》、それに赤銅色《しゃくどういろ》など、鮮《あざ》やかな色《いろ》を持《も》っているのだ。

今《いま》までその点《てん》に気《き》づかなかったのは、私《わたし》たちはお互《たが》いを、『美《うつく》しい色《いろ》』として見《み》ているからだ。

もし皆《みな》がそれに気《き》づいてくれたら、少《すこ》しは私《わたし》たちに対《たい》する見方《みかた》が変《か》わるかもしれない……。

それともう一《ひと》つ、私《わたし》はとても知《し》りたいことがある。

それは、逆《ぎゃく》にミサは私《わたし》たちをなぜ愛《あい》してくれるのだろうか？　ということである。

こんなにも愛《あい》されたのは初《はじ》めてであり、ミサの優《やさ》しさに、正直最初《しょうじきさいしょ》は戸惑《とまど》ってしまったほどだ。

私《わたし》はミサに理由《りゆう》を聞《き》いてみたいが、それを伝《つた》えることができない。それがとてももどかしい……。

この日《ひ》もミサは庭《にわ》で私《わたし》たちを待《ま》っていてくれたのだが、昨日《きのう》とは違《ちが》い、一枚《いちまい》の写真《しゃしん》を眺《なが》めていた。

それは、見慣《みな》れた写真《しゃしん》であった。

車《くるま》イスに座《すわ》るミサの横《よこ》に、頭《あたま》に包帯《ほうたい》を巻《ま》いた男《おとこ》の子《こ》が写《うつ》っている。二人《ふたり》ともいい笑顔《えがお》だ。

私《わたし》たちは、この少年《しょうねん》の名前《なまえ》も知《し》っている。

タカシクンだ。

病気《びょうき》のミサは、よく入退院《にゅうたいいん》を繰《く》り返《かえ》しているのだが、三ケ月前《さんかげつまえ》入院《にゅういん》したときにこのタカシクンと知《し》り合《あ》い、仲良《なかよ》くなったのだ。

その光景《こうけい》を、毎日《まいにち》私《わたし》たちは外《そと》から眺《なが》めていたのだった。

タカシクンとしゃべっているときのミサは本当《ほんとう》に幸《しあわ》せそうで、私《わたし》の目《め》から見《み》ても、ミサはタカシクンのことが好《す》きであることが分《わ》かるくらいだった。

でも、突然《とつぜん》タカシクンは病院《びょういん》からいなくなってしまって、それからしばらくミサは元《げん》気《き》がなかった。

今《いま》も、そのころのミサを見《み》ているようだ。

タカシクンの写真《しゃしん》を眺《なが》めるミサは元気《げんき》がなくて、とても寂《さび》しそうだ。

私《わたし》たちの存在《そんざい》に気《き》づいたミサが、笑《え》みを浮《う》かべた。

「みんな、こんにちは。今日《きょう》もたくさんパンあるからね！」

私《わたし》が写真《しゃしん》を見《み》つめると、ミサはまた一瞬寂《いっしゅんさび》しそうな表情《ひょうじょう》を見《み》せ、

「孝志《たかし》くん元気《げんき》かな、今《いま》どこで何《なに》しているのかなあ。あれだけ約束《やくそく》したのに、どうして遊《あそ》びに来《き》てくれないんだろう、ねえカンちゃん、何《なん》でだと思《おも》う？」

ミサは一拍置《いっぱくお》いて、こう続《つづ》けた。

「私《わたし》に何《なに》も言《い》わずに越《こ》しちゃうなんて酷《ひど》いと思《おも》わない？　住《す》んでるところが分《わ》かれば、お手紙《てがみ》書《か》けるのに」

ミサは空《そら》を見上《みあ》げると溜息《ためいき》を吐《つ》き、

「会《あ》いたいなあ。孝志《たかし》くんに」

私《わたし》は、ミサがタカシクンにとても会《あ》いたがっているのを感《かん》じ取《と》った。できることなら、会《あ》わせてあげたいのだが……。

「私《わたし》とは違《ちが》って、孝志《たかし》くんはすっかり元気《げんき》になって退院《たいいん》したから、今《いま》ごろ元気《げんき》よく遊《あそ》んでるよね」

ミサはそう言《い》うと、急《きゅう》に寂《さび》しげな表情《ひょうじょう》を浮《う》かべた。

「孝志《たかし》くん乱暴《らんぼう》だけど、本当《ほんとう》はとても優《やさ》しいから私以外《わたしいがい》にもたくさん友達《ともだち》いるよね。だからもう、私《わたし》のことなんて忘《わす》れちゃったのかな」

ミサは沈《しず》んだ声《こえ》でそう言《い》うと、私《わたし》の目《め》を見《み》ながらこう言《い》ったのだ。

「ねえカンちゃん、私《わたし》はね、たぶん長《なが》く生《い》きられないと思《おも》うわ。みんなは、そんなことないって言《い》うけど、私《わたし》には分《わ》かるの。

私《わたし》、死《し》ぬ前《まえ》にもう一度《いちど》だけ孝志《たかし》くんに会《あ》いたいわ。

孝志《たかし》くんとは、病気《びょうき》がよくなったら公園《こうえん》でかくれんぼやボール遊《あそ》びをしたり、ピクニックにも行《い》こうって約束《やくそく》したけど、そんなワガママ言《い》わない。会《あ》えるならそれでいいの。

カンちゃんたち以外《いがい》で、本当《ほんとう》の友達《ともだち》になれたのは孝志《たかし》くんが初《はじ》めてだから……。

カンちゃん、孝志《たかし》くんは今《いま》どこにいると思《おも》う？

住《す》んでるところが分《わ》かったら、お母《かあ》さん連《つ》れて行《い》ってくれるかな……。

孝志《たかし》くんが私《わたし》に会《あ》いに来《き》てくれたら嬉《うれ》しいのになあ」

＊　＊　＊

それは、ミサにもらったパンを食《た》べている最中《さいちゅう》だった。

庭《にわ》に面《めん》した窓《まど》が開《あ》く音《おと》がすると同時《どうじ》に、庭中《にわじゅう》に、

「美沙《みさ》！」

彼女《かのじょ》の母親《ははおや》の怒声《どせい》が響《ひび》いた。

私《わたし》は子供《こども》たちを守《まも》りながらミサから離《はな》れたのだった。

まだ私《わたし》たちはミサと一緒《いっしょ》にいたいが、残念《ざんねん》ながら今日《きょう》はここまでだ。

「美沙《みさ》、本当《ほんとう》にいい加減《かげん》にしてちょうだい！　餌《えさ》をやるのは止《や》めてって何度言《なんどい》えば分《わ》かるの」

「だってお腹《なか》を空《す》かせているのよ、可哀想《かわいそう》じゃない」

「放《ほう》っておけばいいの、とにかく寄《よ》りつかせないで！」

「そんな言《い》い方《かた》したら可哀想《かわいそう》よお母《かあ》さん」

「近《ちか》づくだけでも汚《きたな》いというのに、触《さわ》るなんてとんでもない。あなたは他《ほか》の子《こ》たちと違《ちが》って、身体《からだ》が弱《よわ》い……」

「弱《よわ》いんじゃなくて、病気《びょうき》でしょ。治《なお》らない病気《びょうき》なんでしょ」

「……」

「本当《ほんとう》はもうずっと歩《ある》けないんでしょ。今度《こんど》は手《て》が動《うご》かなくなって、最後《さいご》はどこも動《うご》かせなくなって死《し》ぬんだわ」

「お願《ねが》い美沙《みさ》、そんな言《い》い方止《かたや》めて。あなたの病気《びょうき》は必《かなら》ず治《なお》るから」

「……」

「とにかく美沙《みさ》、もう近寄《ちかよ》らせちゃだめ。汚《きたな》いし、気持《きも》ち悪《わる》いし、不吉《ふきつ》だわ」

「フキツ？」

「縁起《えんぎ》が悪《わる》いってこと」

「どうして？」

「真《ま》っ黒《くろ》だからに決《き》まってるじゃない、さあ早《はや》く追《お》っ払《ぱら》って！」

「何《なに》言《い》ってるのお母《かあ》さん。この子《こ》たち、真《ま》っ黒《くろ》じゃないわよ。よく見《み》て、青《あお》とか赤《あか》とか緑《みどり》とか、綺麗《きれい》な色《いろ》しているよ。顔《かお》だってよく見《み》てあげてよ。とても可愛《かわい》いじゃない」

「もういい加減《かげん》にして！」

ミサの母親《ははおや》がいつものようにホースを私《わたし》たちに向《む》け、

「早《はや》く出《で》て行《い》ってちょうだい！」

と叫《さけ》んだ。

私《わたし》たちは水《みず》をかけられる前《まえ》に庭《にわ》を出《で》たのだが、どこからともなく、

「うわ、カラスだ、気持《きも》ち悪《わる》い」

という声《こえ》が聞《き》こえてきた。

カラス……。

私《わたし》は空《そら》を飛《と》びながら、ミサを振《ふ》り返《かえ》った。

とても寂《さび》しそうに私《わたし》たちを見《み》つめている。

私《わたし》はミサの母親《ははおや》に追《お》い払《はら》われるたびに思《おも》う。

せめてミサに会《あ》うときだけは、同《おな》じ人間《にんげん》になりたいと……。

私《わたし》は常日頃《つねひごろ》ミサのことを思《おも》い、嫌《きら》われ者《もの》の私《わたし》たちを心《こころ》の底《そこ》から愛《あい》してくれるミサに、何《なに》か恩返《おんがえ》ししたいと考《かんが》えている。

私《わたし》が最《もっと》も恐《おそ》れているのは、ミサに何《なに》もしてやれぬまま、死《し》ぬことである。

私《わたし》にはもう、あまり時間《じかん》がない気《き》がするのだ。

私《わたし》は生《う》まれつき身体《からだ》が弱《よわ》く、実《じつ》は他《ほか》のみんなとは違《ちが》い、うまく飛《と》ぶことができない。

ミサが私《わたし》たちに声《こえ》をかけたきっかけは、もしかしたら私《わたし》が不器用《ぶきよう》に、弱々《よわよわ》しく飛《と》んでいたためかもしれない。

私《わたし》は今《いま》、特別体調《とくべつたいちょう》が悪《わる》いわけではないが、恐《おそ》らく十年以上《じゅうねんいじょう》は生《い》きている。私《わたし》たちの世界《せかい》では相当長《そうとうなが》く生《い》きているほうだ。

妻《つま》もそうだった。

高齢《こうれい》だった妻《つま》は、死《し》ぬ三日前《みっかまえ》までは何《なん》ともなかったのに、急《きゅう》に元気《げんき》がなくなり、だんだん衰弱《すいじゃく》して死《し》んでいったのだ。

私《わたし》にも、死《し》が迫《せま》っているような気《き》がする。

それゆえに早《はや》くミサに恩返《おんがえ》ししたいのだが、無力《むりょく》である私《わたし》たちにいったい何《なに》ができるというのか……。

そのときふと、私《わたし》の頭《あたま》の中《なか》にあるアイデアが思《おも》い浮《う》かんだ。

それは恐《おそ》らくミサにとって一番嬉《いちばんうれ》しいことに違《ちが》いないのだが……。

どうやってそれを実現《じつげん》しようかと、考《かん》え始《はじ》めたその直後《ちょくご》であった。

幸《しあわ》せな光景《こうけい》から一転《いってん》、私《わたし》の瞳《ひとみ》に、残酷《ざんこく》な光景《こうけい》が広《ひろ》がったのだ。

公園《こうえん》の木《き》をねぐらにしていた大勢《おおぜい》の仲間《なかま》が人間《にんげん》たちによって捕獲《ほかく》されており、カゴの中《なか》で助《たす》けを求《もと》めているのだ。

中《なか》にはすでに死《し》んでいる者《もの》もいる……。

人間《にんげん》たちは作業《さぎょう》を終《お》えるとカゴを車《くるま》の中《なか》へと運《はこ》んでいった。まるでゴミを扱《あつか》うように。

仲間《なかま》たちは必死《ひっし》に暴《あば》れ回《まわ》る。私《わたし》は心臓《しんぞう》を、何《なに》かで突《つ》き刺《さ》されたような思《おも》いであった。

私《わたし》の瞳《ひとみ》に映《うつ》っているこの現実《げんじつ》は珍《めずら》しい光景《こうけい》ではなく、日常茶飯事《にちじょうさはんじ》といっても過言《かごん》ではなかった。

人間《にんげん》たちは昔《むかし》から私《わたし》たちを酷《ひど》く嫌《きら》っているが、それだけならまだよかったのだ。

一年前《いちねんまえ》くらいからだろうか、人間《にんげん》たちが大掛《おおが》かりな『カラス駆除《くじょ》』を始《はじ》めたのは。

昔《むかし》は平和《へいわ》に暮《く》らせていたのに、人間《にんげん》のせいでたくさんの仲間《なかま》が殺《ころ》され、私《わたし》たちは幾度《いくたび》もその光景《こうけい》を目《め》にしてきた。

私《わたし》は人間《にんげん》に問《と》いたい。
なぜ、私《わたし》たちばかりを殺《ころ》すのかと。殺《ころ》して何《なん》の意味《いみ》があるのかと。
食料《しょくりょう》を見《み》つけにくくなったこの時代《じだい》、私《わたし》たちは日々《ひび》飢《う》えている。
殺《ころ》すのではなく、どうしてミサのように助《たす》けてくれないのだろうか。
このままでは、私《わたし》たちはいつか絶滅《ぜつめつ》するであろう。
私《わたし》の仲間《なかま》は皆人間《みなにんげん》を恨《うら》んでいるが、私《わたし》は違《ちが》う。
お互《たが》い敵対《てきたい》するのではなく、うまく共存《きょうぞん》できることを願《ねが》っている。
そんな日《ひ》は、果《は》たしてやってくるのだろうか。
私《わたし》は、人間《にんげん》に処分《しょぶん》されてしまう仲間《なかま》たちをできることなら助《たす》けてやりたい。
勇気《ゆうき》ある者《もの》なら、今《いま》ごろ人間《にんげん》を攻撃《こうげき》しているであろう。
でも私《わたし》にはできない。私《わたし》にはそんな勇気《ゆうき》がない。
子供《こども》たちだって守《まも》らなければならないのだ。
私《わたし》は結局何《けっきょくなに》もできずに人間《にんげん》から逃《に》げた。
悔《くや》しくて、情《なさ》けなくて、自分《じぶん》が許《ゆる》せない。
でも仕方《しかた》ないのだ。
行《い》ったら、私《わたし》たちまで殺《ころ》される。

私《わたし》は弟《おとうと》と子供《こども》たちを連《つ》れ、必死《ひっし》の思《おも》いで人間《にんげん》たちから逃《に》げた。高層《こうそう》ビルの屋上《おくじょう》まで辿《たど》り着《つ》くと、安堵《あんど》している自分《じぶん》がいた。

空《そら》は綺麗《きれい》な赤紫《あかむらさき》に染《そ》まり、夕闇《ゆうやみ》が迫《せま》っている。

私《わたし》たちは鳥《とり》のなかでも、夜《よる》でもはっきりと辺《あた》りが見《み》えるため、一日中活動《いちにちじゅうかつどう》することができる。

もっとも、身体《からだ》の弱《よわ》い私《わたし》は夜《よる》には活動《かつどう》しない。それでも、夕陽《ゆうひ》が沈《しず》む前《まえ》にねぐらに戻《もど》ろうと思《おも》うことはほとんどない。

何《なん》だか今日《きょう》は、体力的《たいりょくてき》にも、精神的《せいしんてき》にも、とても疲《つか》れた。ねぐらに戻《もど》り、ゆっくりと休《やす》みたい気分《きぶん》であった。

私《わたし》は弟《おとうと》と子供《こども》たちを連《つ》れ、ねぐらに戻《もど》った。

私《わたし》たちは今《いま》、誰《だれ》も住《す》んでいない民家《みんか》の庭《にわ》にある、大《おお》きな樹木《じゅもく》をねぐらにしている。

人間《にんげん》は来《こ》ないし、ミサの家《いえ》からも近《ちか》いのでとても都合《つごう》がいいのだ。

身体《からだ》が弱《よわ》く、その上《うえ》うまく飛《と》ぶことのできない私《わたし》は、やっとの思《おも》いでねぐらに着《つ》いたのだった。

しかしその直後《ちょくご》である。

異変《いへん》を知《し》った私《わたし》は弟《おとうと》と子供《こども》たちに向《む》かって叫《さけ》んだ。

ねぐらにしている樹木《じゅもく》には、かつて妻《つま》がこの子《こ》たちを産《う》む際《さい》、一緒《いっしょ》に作《つく》った『巣《す》』があったのだが、なくなっているのだ。

撤去《てっきょ》したのはむろん人間《にんげん》であり、私《わたし》が弟《おとうと》と子供《こども》たちに叫《さけ》んだのは、近《ちか》くで人間《にんげん》が見張《みは》っているのではないかと危機感《ききかん》を抱《いだ》いたからである。

妻《つま》と長《なが》く暮《く》らしたこの場所《ばしょ》には大事《だいじ》な思《おも》い出《で》がたくさん詰《つ》まっている。それゆえに本当《ほんとう》はずっとここで暮《く》らしていたかったが、人間《にんげん》にばれてしまったからには仕方《しかた》がない。

悲《かな》しんではいられなかった。人間《にんげん》がいなくとも、どこかに罠《わな》がしかけてあるかもしれないのだ。

私《わたし》たちは一斉《いっせい》に飛《と》び立《た》ったが、人間《にんげん》の手《て》の届《とど》かない場所《ばしょ》に行《い》くまで生《い》きた心地《ここち》がしなかった。

ふと脳裏《のうり》に、妻《つま》と暮《く》らした思《おも》い出《で》が蘇《よみがえ》るが、ねぐらを振《ふ》り返《かえ》る余裕《よゆう》などなかった。

私《わたし》は、どうして私《わたし》たちの大事《だいじ》なものを次々《つぎつぎ》と奪《うば》っていくのかと人間《にんげん》に問《と》いながら、妻《つま》と長《なが》く生活《せいかつ》したねぐらを捨《す》てたのだった。

新《あたら》しいねぐらを確保《かくほ》しなければならなかった私《わたし》たちは、ミサの家《いえ》の周辺《しゅうへん》で適《てき》した場所《ばしょ》を探《さが》し求《もと》めたのだが、なかなか見《み》つからず、疲《つか》れ果《は》てて結局《けっきょく》、民家《みんか》から程近《ほどちか》い小学校《しょうがっこう》に向《む》かい、小学校《しょうがっこう》の敷地内《しきちない》にある松林《まつばやし》に身《み》を潜《ひそ》め、一夜《いちや》を明《あ》かしたのだった。

慣《な》れていないだけか、それとも漠然《ばくぜん》とした不安《ふあん》があるからなのか、とにかく居心地《いごこち》が悪《わる》い感《かん》じがする。もっといいねぐらが見《み》つかるまでは、一番隅《いちばんすみ》に生《は》えている『松《まつ》の木《き》』をねぐらにしようと思《おも》う。

いつものように、陽《ひ》が昇《のぼ》り始《はじ》めたころに私《わたし》たちはねぐらを出発《しゅっぱつ》し、食料《しょくりょう》を求《もと》めて飛《と》び回《まわ》った。

私《わたし》たちが向《む》かう場所《ばしょ》は主《おも》にゴミ置《お》き場《ば》であり、人間《にんげん》たちが捨《す》てた臭《くさ》い残飯《ざんぱん》を食《た》べているのだが、今日《きょう》はどこも瓶《びん》や空《あ》き缶《かん》ばかりで、満足《まんぞく》に食《た》べることができなかった。

私《わたし》は、ミサに会《あ》うことができる午後《ごご》になるまで、ねぐらでじっと待《ま》っていようと思《おも》ったのだが、子供《こども》たちが遊《あそ》びに連《つ》れて行《い》けとうるさく、近《ちか》くに川《かわ》が流《なが》れているのを知《し》っている私《わたし》は、子供《こども》たちを川《かわ》まで連《つ》れて行《い》くことにした。

私《わたし》は弟《おとうと》も誘《さそ》ったが、弟《おとうと》はどうやらミサに会《あ》うまで待《ま》てないらしく、一人《ひとり》食料《しょくりょう》を求《もと》めてどこかへと飛《と》んで行《い》ってしまった。

川《かわ》に着《つ》くなり、四羽《よんわ》の子供《こども》たちは楽《たの》しそうに水遊《みずあそ》びを始《はじ》めた。

私《わたし》も参加《さんか》したが、子供《こども》たちのように激《はげ》しく動《うご》き回《まわ》ることができず、すぐに川《かわ》を出《で》て、子供《こども》たちの姿《すがた》を眺《なが》めていた。

私《わたし》は子供《こども》たちを見《み》ていると、つくづく思《おも》う。

一羽《いちわ》も死《し》ぬことなく、今《いま》を生《い》きていられるのは、丈夫《じょうぶ》な身体《からだ》に産《う》んでくれた妻《つま》と、毎日《まいにち》のように食料《しょくりょう》を与《あた》えてくれるミサのおかげだと。

しかし一方《いっぽう》では、最近《さいきん》ミサの優《やさ》しさが心配《しんぱい》になるときがある。

この子《こ》たちが産《う》まれて約三ヶ月《やくさんかげつ》。

もうじきこの子《こ》たちは成鳥《せいちょう》となり、私《わたし》たちは離《はな》れて暮《く》らさなければならないのだ。

ミサの愛情《あいじょう》と優《やさ》しさに助《たす》けられてきた子供《こども》たちは、他《ほか》の子《こ》と比《くら》べると経験《けいけん》が浅《あさ》いし、世《よ》の中《なか》の厳《きび》しさも知《し》らず、色々《いろいろ》な意味《いみ》でひ弱《よわ》である。

果《は》たして子供《こども》たちは、これから立派《りっぱ》に独《ひと》り立《だ》ちできるだろうか。

私《わたし》は子供《こども》たちのためにも、ミサに何《なに》か恩返《おんがえ》しをしたら、しばらくはミサのところに行《い》かないほうがいいのかもしれないと考《かんが》えていた。


ズブ濡《ぬ》れになって川《かわ》から出《で》てきた子供《こども》たちは、疲《つか》れるどころかまだ遊《あそ》び足《た》りないらしく、私《わたし》は近《ちか》くにある線路《せんろ》へと子供《こども》たちを連《つ》れて行《い》った。

子供《こども》たちは、線路《せんろ》に敷《し》き詰《つ》められた石《いし》を咥《くわ》えると、フワリと飛《と》び上《あ》がり、そこから咥《くわ》えている石《いし》を落《お》とした。

四《よっ》つのうち、三《みっ》つは石《いし》の中《なか》に落《お》ちたが、一《ひと》つがレールに当《あ》たって心地《ここち》よい音《おと》が響《ひび》いた。

子供《こども》たちは、レールに石《いし》を当《あ》てる遊《あそ》びをしているのだった。

私《わたし》は電線《でんせん》の上《うえ》で子供《こども》たちを眺《なが》めていたのだが、ふと線路《せんろ》沿《ぞ》いに建《た》つマンションに目《め》を向《む》けた。

遠《とお》くから二羽《にわ》のカラスがやってきて、ベランダにあるいくつものハンガーを咥《くわ》えて飛《と》び去《さ》っていったのだ。

彼《かれ》らはハンガーで『巣《す》』を作《つく》ろうとしているのだった。

しばらくすると別《べつ》のカラスがやってきて、人間《にんげん》の子供《こども》が持《も》ち歩《ある》いているお菓子《かし》の袋《ふくろ》を奪《うば》っていった。

気《き》づけば私《わたし》は、彼《かれ》らと私《わたし》の子供《こども》たちを見比《みくら》べていた。

賤《いや》しくとも逞《たくま》しく生《い》きる者《もの》たちとは対照的《たいしょうてき》に、私《わたし》の子供《こども》たちは毎日《まいにち》のんびりと生《い》きている。

今《いま》も、石《いし》を落《お》とす遊《あそ》びに飽《あ》きて、レールに石《いし》を並《なら》べる遊《あそ》びをしているのだ。

私《わたし》はそんな子供《こども》たちを見《み》ていると、ますます将来《しょうらい》が心配《しんぱい》になるのだった。

すっかり遊《あそ》び疲《つか》れた子供《こども》たちに、そろそろねぐらに戻《もど》ろうと告《つ》げると、子供《こども》たちは私《わたし》の後《うし》ろをついてきた。

私《わたし》は、子供《こども》たちの素直《すなお》なところをとても愛《あい》らしく思《おも》う。

私《わたし》には正確《せいかく》な時間《じかん》が分《わ》からないが、まだ午前中《ごぜんちゅう》であることは確《たし》かであり、ミサが庭《にわ》に出《で》てくるまでかなり時間《じかん》があるので、それまでねぐらでじっと休《やす》んでいようと考《かんが》えていた。


しかしねぐらに戻《もど》る途中《とちゅう》のことだった。

食料《しょくりょう》を探《さが》し求《もと》めていた弟《おとうと》と偶然《ぐうぜん》会《あ》ったのだ。

弟《おとうと》はいきなり私《わたし》に向《む》かって、こっちに来《こ》いと鳴《な》いた。

弟《おとうと》が向《む》かう方向《ほうこう》は、ねぐらとは逆方向《ぎゃくほうこう》であり、このまま真《ま》っ直《す》ぐ飛《と》べば、ミサの家《いえ》に辿《たど》り着《つ》く。

しかし弟《おとうと》はミサの家《いえ》も通《とお》り過《す》ぎたのである。

私《わたし》は弱々《よわよわ》しく不器用《ぶきよう》に、弟《おとうと》についていく。だんだん見慣《みな》れぬ景色《けしき》に変《か》わっていき、私《わたし》は何《なん》だか不安《ふあん》になるが、子供《こども》たちは私《わたし》とは対照的《たいしょうてき》に冒険《ぼうけん》を楽《たの》しんでいるようだった。

いったいどれくらいの距離《きょり》を飛《と》んだだろうか。

いや、私《わたし》の飛《と》ぶ速度《そくど》が遅《おそ》いから、実《じつ》はそう遠《とお》くまでは来《き》ていないのかもしれない。

弟《おとうと》は、とある学校《がっこう》が見《み》えてくると急降下《きゅうこうか》し電線《でんせん》に留《と》まった。

こっちに来《こ》いと言《い》うので、私《わたし》たちも弟《おとうと》と同《おな》じように電線《でんせん》に降《お》りたのである。

学校《がっこう》の校庭《こうてい》では、三十人近《さんじゅうにんちか》い子供《こども》たちがボール遊《あそ》びをしている。弟《おとうと》が人間《にんげん》の子供《こども》たちを見《み》ているので、私《わたし》もじっと子供《こども》たちを見《み》ていたのだが、ようやく私《わたし》は弟《おとうと》が伝《つた》えたいことを悟《さと》った。

ボール遊《あそ》びをしている子供《こども》たちの中《なか》に、『タカシクン』の姿《すがた》があったのである。写真《しゃしん》とは違《ちが》い、今《いま》は包帯《ほうたい》を巻《ま》いてはいないが間違《まちが》いなかった。

丸刈《まるが》りのタカシクンはとても活発《かっぱつ》で、私《わたし》の目《め》から見《み》ても、リーダー的存在《てきそんざい》であることが分《わ》かった。

私《わたし》は弟《おとうと》の身体《からだ》を軽《かる》くつっつき、よく見《み》つけたなと褒《ほ》めた。弟《おとうと》は得意気《とくいげ》に、羽《はね》を大《おお》きく広《ひろ》げたのだった。

私《わたし》は、まさかあのアイデアが現実《げんじつ》になるなんて、と思《おも》った。

自分《じぶん》たちがタカシクンを見《み》つけて二人《ふたり》を再会《さいかい》させる、それがミサへの一番《いちばん》の恩返《おんがえ》しだと、私《わたし》はずっと考《かんが》えていたのだ。

私《わたし》はじっとしていられず、電線《でんせん》から降《お》りてタカシクンのもとへと向《む》かった。そして私《わたし》は、タカシクンの服《ふく》をくちばしでつまみ、ミサのもとへと連《つ》れて行《い》こうと引《ひ》っ張《ぱ》ったのである。

しかしタカシクンは突然《とつぜん》やってきた私《わたし》に驚《おどろ》き、

「カラスだ！」

と大声《おおごえ》を上《あ》げながら私《わたし》を振《ふ》り払《はら》った。幸《さいわ》い手《て》が当《あ》たることはなかったが、私《わたし》もタカシクンの声《こえ》に驚《おどろ》き、思《おも》わずタカシクンの顔《かお》の前《まえ》でばたついてしまったのだ。

むろん私《わたし》にはそのつもりはなかったが、タカシクンには威嚇行為《いかくこうい》と取《と》られてしまったかもしれない。

私《わたし》はタカシクンに会《あ》えたことがあまりに嬉《うれ》しすぎて、不用意《ふようい》に近《ちか》づいてしまったが、忘《わす》れてはならない、私《わたし》は人間《にんげん》ではなく、カラスなのである。

「何《なん》だあの野郎《やろう》、いきなり攻撃《こうげき》してきやがって！」

いったん私《わたし》は、弟《おとうと》と子供《こども》たちのいる電線《でんせん》に戻《もど》った。

ほとんどの子供《こども》たちが、また私《わたし》が襲《おそ》ってくると勘違《かんちが》いして校舎内《こうしゃない》に逃《に》げてしまったが、タカシクンと数人《すうにん》の男《おとこ》の子《こ》たちは、私《わたし》たちをじっと見据《みす》えている。

恐《おそ》れている様子《ようす》はないが、好意的《こういてき》でもない。

来《く》るなら来《こ》い、といった雰囲気《ふんいき》である。

私《わたし》は誤解《ごかい》を解《と》きたいがそんな術《すべ》はなく、それからすぐにチャイムが鳴《な》り、タカシクンたちは私《わたし》たちを警戒《けいかい》しながら、校舎内《こうしゃない》に入《はい》ってしまった。

その後《ご》、私《わたし》たちはタカシクンが再《ふたた》び学校《がっこう》から出《で》てくるのを待《ま》ち続《つづ》けた。

もうそろそろ、ミサが庭《にわ》から出《で》てくるころだなと感《かん》じ取《と》ったそのときだった。

黒《くろ》いランドセルを背負《せお》ったタカシクンが、友達《ともだち》と一緒《いっしょ》に出《で》てきたのである。

私《わたし》は、もう一度《いちど》タカシクンをミサのもとまで連《つ》れて行《い》こうと考《かんが》えていたのだが、寸前《すんぜん》で思《おも》いとどまった。

ミサとは違《ちが》い、タカシクンは私《わたし》たちを嫌《きら》っている。やはりどのように近《ちか》づいたって、気持《きも》ちが伝《つた》わるわけがない。

私《わたし》はどうにかして、ミサが会《あ》いたがっていることをタカシクンに伝《つた》えたいが、その方《ほう》法《ほう》が思《おも》いつかない。

やはり、ミサをタカシクンのもとに連《つ》れて行《い》くしか方法《ほうほう》はなさそうだ……。

私《わたし》はある心配《しんぱい》を胸《むね》に、タカシクンに気《き》づかれぬよう、後《あと》を追《お》った。

やがてタカシクンは友達《ともだち》と別《わか》れ、五階建《ごかいだ》てのマンションに入《はい》っていった。

私《わたし》たちは、タカシクンが住《す》んでいるマンションを確認《かくにん》すると、ミサのもとへと飛《と》んだのだった。

早《はや》くミサをタカシクンのもとに連《つ》れて行《い》ってあげたい。

私《わたし》はその思《おも》いを胸《むね》にミサのもとへと急《いそ》ぐが、速《はや》く飛《と》べないのがとてももどかしい。

やっとの思《おも》いでミサの家《いえ》に到着《とうちゃく》した私《わたし》たちは、すぐ傍《そば》の電線《でんせん》に降《お》りた。

しかし、いつもいるはずのミサが庭《にわ》にはいなかった。

どうやら、来《く》るのが遅《おそ》いから家《いえ》に入《はい》ってしまったらしい。

私《わたし》たちはミサに、自分《じぶん》たちがすぐ傍《そば》にいることを告《つ》げた。

しかし、いくら鳴《な》いてもミサは出《で》てこない。

私《わたし》たちを酷《ひど》く嫌《きら》っている母親《ははおや》も、姿《すがた》を見《み》せなかった。

私《わたし》たちのこの声《こえ》が聞《き》こえていないはずはないのだが……。

もしかしたら、出《で》かけているのだろうか？

もしそうだとしたら珍《めずら》しいことだ。

私《わたし》はミサが一人《ひとり》で出《で》かけているのを見《み》たことがない。出《で》かける場合《ばあい》は必《かなら》ず父親《ちちおや》や母親《ははおや》と一緒《いっしょ》なのだが、ミサが歩《ある》けないからか、それとも病気《びょうき》だからか、理由《りゆう》は分《わ》からないが、ミサの両親《りょうしん》は滅多《めった》にミサを外《そと》に連《つ》れ出《だ》さないのだ。

ミサを外《そと》に連《つ》れて行《い》ったとしてもほとんどが病院《びょういん》で、そのときは車《くるま》を使《つか》う。

たまに散歩《さんぽ》するときもあるが、家《いえ》の周辺《しゅうへん》をグルリと回《まわ》るだけで、決《けっ》して遠《とお》くに行《い》くことはしないのだ。

唯一《ゆいいつ》の救《すく》い、いや、救《すく》いと言《い》っていいのか、とにかく毎日庭《まいにちにわ》に出《だ》してはもらえるが、まるで檻《おり》の中《なか》にいる動物《どうぶつ》のように、いつも家《いえ》に閉《と》じ込《こ》められている不自由《ふじゆう》なミサを、私《わたし》はとても不憫《ふびん》に思《おも》う。

仮《かり》に今出《いまで》かけているのだとしても、遠《とお》くに行《い》くことはせずすぐに帰《かえ》ってくるだろうと、私《わたし》はこのときはまだ楽観的《らっかんてき》に考《かんが》えていたのだ。

しかし、いくら待《ま》ってもミサと母親《ははおや》は帰《かえ》ってこず、とうとう夕闇《ゆうやみ》が迫《せま》ってきた。

私《わたし》の中《なか》で、ある悪《わる》い予感《よかん》が芽生《めば》えた。

まさかと私《わたし》は飛《と》び立《た》ち、ミサが通《かよ》う病院《びょういん》へと向《む》かった。

家《いえ》に車《くるま》が止《と》まっているので病院《びょういん》ではないと私《わたし》は考《かんが》えていたのだが、ミサは私《わたし》が知《し》っているだけでも三度入院《さんどにゅういん》していて、そのうち一度《いちど》は救急車《きゅうきゅうしゃ》で運《はこ》ばれたことがあった。

私《わたし》はそのときの光景《こうけい》を思《おも》い出《だ》してしまったのだ。

病院《びょういん》に辿《たど》り着《つ》いた私《わたし》たちは、ミサがいないことを祈《いの》りながら、カーテンの開《あ》いている病室《びょうしつ》を確《たし》かめていく。

私《わたし》と子供《こども》たちは一階《いっかい》から四階《よんかい》を、弟《おとうと》が最上階《さいじょうかい》である五階《ごかい》を見《み》て回《まわ》ったのだが、弟《おとうと》が、悲《かな》しい声《こえ》で鳴《な》いた。

弟《おとうと》の視線《しせん》の先《さき》に、ミサがいた。
ミサはベッドの上《うえ》で静《しず》かに眠《ねむ》っているのだが、私《わたし》は怖《こわ》くなった。息《いき》をしていないように見《み》えるからだ。

病室《びょうしつ》にはミサの母親《ははおや》もいるが、こちらに背中《せなか》を向《む》けているのでどんな表情《ひょうじょう》をしているのか分《わ》からない。

私《わたし》たちはミサに目《め》を開《あ》けてもらいたくて必死《ひっし》に呼《よ》びかけたが、ミサは目《め》を開《あ》けるどころか動《うご》かない。

私《わたし》たちはミサが生《い》きていることを願《ねが》いながらミサを見守《みまも》っていたのだが、突然《とつぜん》私《わたし》たちの視界《しかい》から、ミサが消《き》えた。

空《そら》が真《ま》っ暗《くら》になると同時《どうじ》に母親《ははおや》がカーテンを閉《し》めてしまったからだ。

私《わたし》たちの気持《きも》ちも知《し》らずに……。

ミサの母親《ははおや》は私《わたし》たちの存在《そんざい》に気《き》づいてカーテンを閉《し》めたわけではないが、私《わたし》はこのとき母親《ははおや》に対《たい》して初《はじ》めて憤《いきどお》りを覚《おぼ》えた。

ミサは死《し》んではいない、私《わたし》はそう信《しん》じているが、やはりミサが生《い》きていると確認《かくにん》するまでは安心《あんしん》できない。

近《ちか》づくことはしないから、せめてカーテンを開《あ》けてほしい。

私《わたし》は、母親《ははおや》が気《き》まぐれでもなんでもいいからカーテンを開《あ》けてくれることを祈《いの》り続《つづ》けたのだが、結局開《けっきょくあ》けてはくれず、病室《びょうしつ》の灯《あか》りまで消《き》えてしまった。

私《わたし》たちはやむなくねぐらに戻《もど》ったが、私《わたし》はほとんど眠《ねむ》ることができず、翌朝《よくあさ》、空腹《くうふく》も忘《わす》れて再《ふたた》びミサの病院《びょういん》へと向《む》かった。

私《わたし》たちが病院《びょういん》に着《つ》いたとき、ミサの病室《びょうしつ》はまだカーテンが閉《し》まっていたが、しばらくすると看護師《かんごし》がカーテンを開《あ》けてくれたのである。

私《わたし》たちは、ミサの姿《すがた》を見《み》た瞬間安堵《しゅんかんあんど》した。

ミサはまだベッドの上《うえ》だが、うっすらと目《め》を開《あ》けながら看護師《かんごし》と何《なに》かしゃべっているのだ。

私《わたし》はミサの容態《ようだい》がとても心配《しんぱい》だったが、ひとまず安心《あんしん》したとたんお腹《なか》が空《す》いてきて、すぐに戻《もど》ってくるから、と心《こころ》の中《なか》でミサに告《つ》げると、弟《おとうと》と子供《こども》たちを連《つ》れて食料探《しょくりょうさが》しに向《む》かったのだった。

何《なん》とか今日《きょう》は子供《こども》たちにお腹一杯食《なかいっぱいた》べさせてやることができたが、病院《びょういん》に戻《もど》ってきたころ空《そら》はすっかり紅《あか》くなっていた。

病室《びょうしつ》には母親《ははおや》がおり、ミサと会話《かいわ》しているようだが、ミサはベッドに仰向《あおむ》けになったままで全然元気《ぜんぜんげんき》がない。

ミサはなぜ寝《ね》たきりの状態《じょうたい》なのだろう……。

原因《げんいん》がまったく分《わ》からない私《わたし》は、言《い》いようのない不安《ふあん》にかられる。

しばらくすると母親《ははおや》が病室《びょうしつ》を出《で》て行《い》き、ミサ一人《ひとり》だけとなった。

私《わたし》はこの隙《すき》に、ミサに自分《じぶん》たちの存在《そんざい》を知《し》らせ、ミサの近《ちか》くまで行《い》こうかと考《かんが》えたが、思《おも》いとどまった。

ミサはとても優《やさ》しい子《こ》だから、私《わたし》たちが近《ちか》くにいると知《し》ったらきっと無理《むり》してしまうだろう。

私《わたし》たちは遠《とお》くからミサを見守《みまも》り、早《はや》く元気《げんき》になるのを祈《いの》り続《つづ》けた。

その二日後《ふつかご》、私《わたし》たちはこの日《ひ》も朝早《あさはや》くにミサの病院《びょういん》へと向《む》かったのだが、私《わたし》たちの祈《いの》りが通《つう》じたのか、病室《びょうしつ》を覗《のぞ》くとそこには、上半身《じょうはんしん》を起《お》こし、看護師《かんごし》と楽《たの》しそうにしゃべっているミサの姿《すがた》があった。

私《わたし》たちは心《こころ》の底《そこ》から喜《よろこ》び、私《わたし》は思《おも》わず歓喜《かんき》の声《こえ》を上《あ》げていた。

窓《まど》が閉《し》まっているにもかかわらず、ミサはとっさに私《わたし》の声《こえ》に反応《はんのう》すると、私《わたし》たちの姿《すがた》を見《み》つけ、手《て》を叩《たた》いて喜《よろこ》んだ。

私《わたし》たちが近《ちか》づいていくと、ミサは看護師《かんごし》にしゃべりかけ、看護師《かんごし》がミサを車《くるま》イスに乗《の》せたのだった。

ミサが弱《よわ》い力《ちから》で窓《まど》を開《あ》けた。そしていつものように私《わたし》たちに手《て》を伸《の》ばし、

「カンちゃん、シバちゃん、モモちゃん、マキちゃん、ハクちゃん、ゴンちゃん、来《き》てくれたのね、嬉《うれ》しい」

ようやくミサに会《あ》うことができた私《わたし》たちは一斉《いっせい》に鳴《な》いた。

すると後《うし》ろで見《み》ていた看護師《かんごし》が口《くち》を開《ひら》いた。

「美沙《みさ》ちゃんダメよ、カラスになんて触《さわ》っちゃ！」

ミサは私《わたし》たちを撫《な》でながら、

「どうして？」

と言《い》った。

「カラスは汚《きたな》いわよ」

「そんなことないよ、とても綺麗《きれい》な色《いろ》してるよ」

「怖《こわ》く、ないの？」

「なんで怖《こわ》いの？　とても可愛《かわい》いよ」

「どうして、カラスがそんなになついているのかしら……」

「だって私《わたし》たち、とっても仲《なか》の良《よ》い友達《ともだち》だもんね！」

「友達《ともだち》……？」

ミサは私《わたし》たちの目《め》を見《み》ながら話《はな》しかけた。

「みんな来《き》てくれてありがとう。もしかしたら、ずっと近《ちか》くにいてくれたのかなあ。ごめんね心配《しんぱい》させちゃって。急《きゅう》に高熱《こうねつ》が出《で》て……。でも、ほらもう大丈夫《だいじょうぶ》よ。ねえみんな、それよりお腹空《なかす》いているんじゃない？」

ミサは棚《たな》にあったミカンを手《て》に取《と》り、それを私《わたし》たちに与《あた》えてくれた。

「美味《おい》しい？　そうよかった。今《いま》はミカンしかないけど、あとでお母《かあ》さんにお菓子《かし》買《か》ってもらって、こっそりあげるわ」

それから私《わたし》たちは長《なが》い時間《じかん》一緒《いっしょ》に過《す》ごし、午後《ごご》になると、ミサは看護師《かんごし》に連《つ》れられてどこかへと行《い》ってしまった。

私《わたし》たちはいったんミサの病室《びょうしつ》から離《はな》れ、電線《でんせん》に留《と》まってミサが戻《もど》ってくるのを待《ま》った。

それからすぐのことである。

弟《おとうと》が突然《とつぜん》鳴《な》きながら羽《は》ばたいたのだ。

弟《おとうと》は二階《にかい》の部屋《へや》が見《み》える場所《ばしょ》まで降《お》りると、こっちへ来《こ》いと言《い》った。

私《わたし》は電線《でんせん》から降《お》りて、弟《おとうと》のもとへと向《む》かった。

弟《おとうと》の視線《しせん》の先《さき》にはミサの母親《ははおや》と、父親《ちちおや》、そして医者《いしゃ》の姿《すがた》があり、何《なに》かを話《はな》し合《あ》っていた。

「まだ美沙《みさ》は十歳《じっさい》なんですよ！」

かすかではあるが、母親《ははおや》の叫《さけ》ぶ声《こえ》が聞《き》こえた。

むろん、私《わたし》たちには三人《さんにん》が何《なに》を話《はな》しているのかまったく分《わ》からなかったが、私《わたし》たちにとって恐《おそ》ろしいあの母親《ははおや》がなぜか突然《とつぜん》取《と》り乱《みだ》し、大声《おおごえ》で泣《な》きだしたのである……。

私《わたし》たちは翌日《よくじつ》も朝早《あさはや》くにミサのもとへと向《む》かい、母親《ははおや》がやってくるまで一緒《いっしょ》に時間《じかん》を過《す》ごした。

ミサはすっかり元気《げんき》になり、私《わたし》は早《はや》くミサをタカシクンのところへと連《つ》れて行《い》ってあげたいが、それはミサが退院《たいいん》してからにしようと考《かんが》えていた。

しかしそれから五日《いつか》が経《た》っても、なぜかミサは退院《たいいん》できなかった。

それどころか、その翌日《よくじつ》ミサは再《ふたた》び体調《たいちょう》を崩《くず》し、それから日《ひ》に日《ひ》に元気《げんき》を失《うしな》っていったのだ。

だんだん憔悴《しょうすい》していくミサは、まだ私《わたし》たちに話《はな》しかけることはできるが、私《わたし》は胸騒《むなさわ》ぎを覚《おぼ》えていた。

元気《げんき》のないミサを見《み》るたび、私《わたし》はミサの母親《ははおや》が泣《な》いていた姿《すがた》を思《おも》い出《だ》すのだ。

ミサは突然歩《とつぜんある》けなくなり、少《すこ》しずつ痩《や》せていった。

まさか、また身体《からだ》のどこかが不自由《ふじゆう》になってしまうのではないか。

いや、母親《ははおや》のあの泣《な》き方《かた》は普通《ふつう》ではなかった。

考《かんが》えたくはないが、ミサを見《み》つめる私《わたし》の頭《あたま》の片隅《かたすみ》には、だんだん衰弱《すいじゃく》して死《し》んでいった妻《つま》の姿《すがた》が残《のこ》っていた。

＊　＊　＊

私《わたし》たちは今《いま》、遠《とお》くからミサを見守《みまも》っている。病室《びょうしつ》に母親《ははおや》がいるからである。

ミサは上半身《じょうはんしん》を起《お》こし、母親《ははおや》からリンゴを食《た》べさせてもらっている。

ミサは母親《ははおや》と会話《かいわ》しているが、表情《ひょうじょう》にも、動作《どうさ》にも、元気《げんき》がない。

顔色《かおいろ》も酷《ひど》く悪《わる》い。

突然《とつぜん》、隣《となり》にいる子供《こども》たちが悲痛《ひつう》な声《こえ》で鳴《な》きだした。子供《こども》たちがこんな声《こえ》で鳴《な》いたのは、二度目《にどめ》のことである。

私《わたし》は子供《こども》たちの鳴《な》き声《ごえ》を聞《き》きながらあることを考《かんが》えていたのだが、ふと顔《かお》を上《あ》げた。

母親《ははおや》が、白《しろ》い皿《さら》を手《て》に持《も》っていったん病室《びょうしつ》から出《で》て行《い》ったのだ。

上半身《じょうはんしん》を起《お》こしていたミサは横《よこ》にはならず、そのまま、ぼんやりと壁《かべ》を見《み》つめている。私《わたし》たちが遠《とお》くから見守《みまも》っていることは知《し》っているはずだが、私《わたし》たちの存在《そんざい》を忘《わす》れているかのようであった。

ミサはタカシクンのことを考《かんが》えているのではないだろうか、と私《わたし》は思《おも》った。実《じつ》は私《わたし》も、タカシクンのことを考《かんが》えていたのだ。

ミサはタカシクンに会《あ》いたがっている。

私《わたし》は、できればタカシクンを連《つ》れてきてあげたいが、人間《にんげん》の言葉《ことば》がしゃべれない私《わたし》にはどうしたって無理《むり》だ。

やはりミサを連《つ》れて行《い》かなければならないが、果《は》たしてミサは再《ふたた》び元気《げんき》な姿《すがた》になるだろうか。

私《わたし》はミサが再《ふたた》び良《よ》くなることを信《しん》じているが、母親《ははおや》が泣《な》いていた姿《すがた》や、ミサの容態《ようだい》を見《み》ていると、どうしても悪《わる》いことばかりを考《かんが》えてしまう。

もし、もし仮《かり》に、ミサにはもうあまり時間《じかん》が残《のこ》されていないのだとしたら……。

もしそうだとしたら、私《わたし》はミサがまだ動《うご》けるうちに、話《はな》せるうちに、タカシクンのところに連《つ》れて行《い》ってあげたい。

ミサ自身《じしん》はどう思《おも》っているだろう。

今《いま》の状態《じょうたい》でタカシクンに会《あ》いに行《い》ったら、さらに容態《ようだい》が悪化《あっか》するだろう。

それでも、ミサはタカシクンに会《あ》いたいだろうか。

もし私《わたし》がミサの立場《たちば》だったら、後悔《こうかい》だけはしたくないと、考《かんが》えるだろう。


長《なが》い、長《なが》い夜《よる》であった。

一晩中《ひとばんじゅう》ミサのことを考《かんが》えていた私《わたし》は、ふと向《む》こうの空《そら》に視線《しせん》を向《む》けた。

いつしか、うっすらと朝日《あさひ》が浮《う》かんでいる。

私《わたし》は、心《こころ》が震《ふる》えた。こんな思《おも》いは生《う》まれて初《はじ》めてだった。

朝《あさ》を迎《むか》えたが、弟《おとうと》と子供《こども》たちはまだ眠《ねむ》っている。ミサもまだ眠《ねむ》っているだろう。

いつもミサの面倒《めんどう》を見《み》ている看護師《かんごし》が病室《びょうしつ》にやってくるころ、私《わたし》は弟《おとうと》と子供《こども》たちを連《つ》れて病院《びょういん》へと向《む》かうつもりだ。

むろんミサに会《あ》いに行《い》くだけが目的《もくてき》ではない。

私《わたし》は今日《きょう》、ミサをタカシクンのところに連《つ》れて行《い》く決意《けつい》をした。

今《いま》のミサの容態《ようだい》を考《かんが》えると、非常《ひじょう》に危険《きけん》なことは分《わ》かっている。

そして、こんなことは思《おも》いたくはないが、ミサはもう元気《げんき》な姿《すがた》には戻《もど》らないだろう。

ミサが動《うご》けるうちに、話《はな》せるうちに、タカシクンに会《あ》わせてあげたい。

私《わたし》は、今《いま》ミサを連《つ》れて行《い》かなければ後悔《こうかい》するような予感《よかん》がする。

もし私《わたし》の悪《わる》い予感《よかん》が現実《げんじつ》になってしまったら、私《わたし》はやりきれない。

ミサだってきっとこう思《おも》っているはずだ。後悔《こうかい》だけはしたくない、と。


私《わたし》は隣《となり》で眠《ねむ》っている子供《こども》たちを見《み》つめた。

これから病院《びょういん》へと向《む》かい、ミサを病院《びょういん》から連《つ》れ出《だ》すが、その際《さい》、人間《にんげん》たちが放《ほう》っておかないだろう。

私《わたし》たちは攻撃《こうげき》はせずとも、威嚇《いかく》することになる。そのとき人間《にんげん》が怖《こわ》がってくればいいが、私《わたし》たちに攻撃《こうげき》してくる可能性《かのうせい》もある。

それゆえに、本当《ほんとう》は子供《こども》たちを連《つ》れて行《い》きたくはないが……。

子供《こども》たちはもうじき成鳥《せいちょう》となり、この先《さき》、今日《きょう》以上《いじょう》の試練《しれん》が数多《かずおお》く訪《おとず》れることであろう。

私《わたし》たちの世界《せかい》は、弱《よわ》ければ死《し》ぬのだ。

正直《しょうじき》、ミサに甘《あま》えてきた子供《こども》たちは、このままでは厳《きび》しい世《よ》の中《なか》を生《い》き抜《ぬ》くことはできないのではないかと心配《しんぱい》になる。

私《わたし》は子供《こども》たちに、どんな相手《あいて》にも立《た》ち向《む》かう勇気《ゆうき》や、打《う》ち勝《か》つ強《つよ》さ、そして、どんな困難《こんなん》にも負《ま》けない逞《たくま》しさを身《み》につけてもらいたい。

だから、どんなに危険《きけん》と分《わ》かっていても、私《わたし》は子供《こども》たちを連《つ》れて行《い》く。

弟《おとうと》と子供《こども》たちが目覚《めざ》めてからしばらくすると、学校《がっこう》にたくさんの子供《こども》たちがやってきた。

もうそろそろミサの病室《びょうしつ》に、いつも面倒《めんどう》を見《み》ている看護師《かんごし》がやってくるころだ。

いよいよ出発《しゅっぱつ》のときである。

私《わたし》の心《こころ》は大《おお》きく震《ふる》えるが、弟《おとうと》と子供《こども》たちは私《わたし》の様子《ようす》にはまったく気《き》づいていない。

私《わたし》はただ、『一緒《いっしょ》についてこい』と告《つ》げるだけである。

私《わたし》はミサに、もう少《すこ》しでタカシクンに会《あ》えるからねと心《こころ》の中《なか》で告《つ》げた。そして弟《おとうと》と子《こ》供《ども》たちに向《む》かって、一緒《いっしょ》についてこいと鳴《な》いたのである。

そのときであった。

「早《はや》く来《こ》い、早《はや》く来《こ》い、聞《き》こえたろ、やっぱいるんだって」

私《わたし》は、松林《まつばやし》に人間《にんげん》の子供《こども》がいることを知《し》った。

「本当《ほんとう》に大丈夫《だいじょうぶ》かなあ」

「怖《こわ》いよ、攻撃《こうげき》されるんじゃない？」

「大丈夫《だいじょうぶ》だろ？　なあケンジ」

「ああ余裕余裕《よゆうよゆう》、だから早《はや》く来《こ》いって」

どうやら数人《すうにん》の子供《こども》たちが、私《わたし》たちのねぐらに近《ちか》づいているようであった。

「ねえ、本当《ほんとう》にやるの？　可哀想《かわいそう》じゃない？」

「全然可哀想《ぜんぜんかわいそう》じゃねえよ。兄《にい》ちゃんが生《う》まれてから一度《いちど》もカラスの死骸《しがい》を見《み》たことねえって言《い》うんだから、しょうがねえじゃん」

「でも確《たし》かにカラスの死骸《しがい》って見《み》たことねえよなあ。見《み》たら自慢《じまん》できるかも！」

私《わたし》はカラスという言葉《ことば》を耳《みみ》にした瞬間《しゅんかん》、とても不安《ふあん》な気持《きも》ちになり、もう一度《いちど》弟《おとうと》と子《こ》供《ども》たちに向《む》かって鳴《な》き、黒《くろ》い羽《はね》を広《ひろ》げ羽《は》ばたいたのである。

その瞬間《しゅんかん》、

「ほらいたぞ！　みんなやっちまえ！」

子供《こども》の叫《さけ》び声《ごえ》と同時《どうじ》に、たくさんの石《いし》が飛《と》んできたのである。

私《わたし》たちは辛《かろ》うじて避《よ》け、四方《しほう》に散《ち》らばった。

しかし、子供《こども》たちの投石《とうせき》は激《はげ》しさを増《ま》し、うまく飛《と》ぶことのできない私《わたし》は、頭《あたま》に石《いし》を喰《く》らってしまったのである。

一瞬目《いっしゅんめ》の前《まえ》が真《ま》っ赤《か》に染《そ》まり、力《ちから》を失《うしな》った私《わたし》は激《はげ》しく地面《じめん》に叩《たた》きつけられた。

落ちた場所《ばしょ》は幸《さいわ》い松林《まつばやし》の中《なか》ではなく、柵《さく》を越《こ》えた、学校《がっこう》の敷地《しきち》の外《そと》であった。

「やった！　向《む》こうに落《お》ちたぞ！　みんな行《い》け！」

私《わたし》は一刻《いっこく》も早《はや》く人間《にんげん》の子供《こども》たちから逃《に》げ、ミサのもとへと向《む》かわなければならないと自分《じぶん》に言《い》い聞《き》かすが、どうしても身体《からだ》が動《うご》かない。

それどころか、だんだん意識《いしき》が遠《とお》のいていく。

認《みと》めたくないが、致命傷《ちめいしょう》を負《お》ってしまったことを私《わたし》は知《し》った。

大事《だいじ》なときだというのに、どうしてこんな酷《ひど》いことを……。

私《わたし》たちがいったい何《なに》をしたというのだろう……。

人間《にんげん》の子供《こども》たちが柵《さく》を登《のぼ》ってきたが、弟《おとうと》と子供《こども》たちが私《わたし》の身体《からだ》を咥《くわ》え、間一髪《かんいっぱつ》のところで捕《と》らえられずには済《す》んだ。

空《そら》を、飛《と》んでいるのが分《わ》かる。

ガーガーと、弟《おとうと》と子供《こども》たちの悲痛《ひつう》な叫《さけ》び声《ごえ》で、私《わたし》はうっすらと目《め》を開《あ》けた。

おい、待《ま》つんだ。どこへ行《い》くつもりだ？

ミサの病院《びょういん》は、反対側《はんたいがわ》だぞ。

私《わたし》は弟《おとうと》と子供《こども》たちに、こっちではない、と告《つ》げたいが、もう鳴《な》くことすらできない。

私《わたし》は薄《うす》れゆく意識《いしき》の中《なか》で、弟《おとうと》と子供《こども》たちが私《わたし》をどこへ連《つ》れて行《い》こうとしているのかを知《し》った。

ここから三《さん》キロほど離《はな》れたところにある、山林《さんりん》だ。

どうやら弟《おとうと》と子供《こども》たちも、私《わたし》がもう生《い》きられない、と悟《さと》ったようである。

山林《さんりん》には、死《し》んだ妻《つま》が眠《ねむ》っているのだ。

妻《つま》の死骸《しがい》はとっくに白骨化《はっこつか》し、その白骨《はっこつ》も消《き》え失《う》せているに違《ちが》いないが、私《わたし》たちは妻《つま》が死《し》んだ場所《ばしょ》を明確《めいかく》に覚《おぼ》えている。

弟《おとうと》と子供《こども》たちが、妻《つま》と同《おな》じ場所《ばしょ》で死《し》なせてやりたいという思《おも》いで山林《さんりん》に向《む》かっているのは言《い》うまでもないが、私《わたし》の最期《さいご》に山林《さんりん》を選《えら》んだのには、実《じつ》はもう一《ひと》つ理由《りゆう》がある。

私《わたし》たちカラスの世界《せかい》には、人間《にんげん》や他《ほか》の動物《どうぶつ》たちに、決《けっ》して死《し》ぬ姿《すがた》を見《み》せてはならないという掟《おきて》があるのだ。

でも、今《いま》はそんな掟《おきて》のことなど、どうだっていい。

私《わたし》の心《こころ》は今《いま》、泣《な》いている。

死《し》ぬのはかまわない、でももう少《すこ》し、もう少《すこ》しだけ、時間《じかん》が欲《ほ》しかった。

ミサの喜《よろこ》ぶ顔《かお》を見《み》て、死《し》にたかった……。

ああ、私《わたし》の脳裏《のうり》に浮《う》かぶミサが、だんだんと薄《うす》れてゆく。ミサとの思《おも》い出《で》も、遠《とお》ざかってゆく。

ミサ、嫌《きら》われ者《もの》の私《わたし》たちを心《こころ》の底《そこ》から愛《あい》してくれたこと、本当《ほんとう》に嬉《うれ》しかった。

それなのにゴメン。

たった一《ひと》つの恩返《おんがえ》しすら、できなかった……。

弟《おとうと》よ、子供《こども》たちよ、私《わたし》の遺志《いし》を悟《さと》り、どうかミサをタカシクンのところに、連《つ》れて行《い》ってあげてほしい。

私《わたし》は信《しん》じている。

ミサがタカシクンに再会《さいかい》できることを。

そして、ミサが病気《びょうき》に打《う》ち勝《か》つことを。

私《わたし》は死《し》んでもずっと、ミサを見守《みまも》っているから……。

# 第《だい》四《よん》話《わ》 チョイス

気《き》づけば私《わたし》は真《ま》っ白《しろ》い部屋《へや》の中《なか》にいた。

いや、辺《あた》りに何《なに》もないのは確《たし》かであるが、今《いま》、私《わたし》はまるで水《みず》の中《なか》にいるかのように全《すべ》てがぼんやりと見《み》えているため、私《わたし》が今《いま》いる場所《ばしょ》が真《ま》っ白《しろ》い部屋《へや》なのか、それとも天井《てんじょう》も壁《かべ》もない空間《くうかん》なのか、定《さだ》かではない。

不思議《ふしぎ》であり、不気味《ぶきみ》なのは、私《わたし》の肉体《にくたい》が存在《そんざい》していないことである。

ぼんやりとではあるが、目《め》は見《み》えている。それなのに身体《からだ》がない。それゆえに、自分《じぶん》が今《いま》白《しろ》い部屋《へや》、あるいは空間《くうかん》のどこにいるのかが分《わ》からない。

**お前《まえ》は今天界《いまてんかい》、『死《し》の世界《せかい》』にいるのだ。**

どこからともなく、低《ひく》い声《こえ》が聞《き》こえてきた。

「死《し》の世界《せかい》……」

私《わたし》はすぐに状況《じょうきょう》を受《う》け入《い》れた。

あれからいったいどれだけの時間《じかん》が経《た》ったのだろうか。

「あなたは？」

**魂《たましい》の運命《うんめい》、宿命《しゅくめい》を、司《つかさど》る者《もの》。**

「魂《たましい》の運命《うんめい》、宿命《しゅくめい》を……」

**お前《まえ》の魂《たましい》は今《いま》、『分《わ》かれ道《みち》』にいる。**

「分《わ》かれ道《みち》？」

**お前《まえ》はかつて、大村明《おおむらあきら》として生《い》き、次《つぎ》にリョウとして生《い》き、そして、カラスに生《う》まれ変《か》わり、三度《さんど》死《し》んだ。**

**私《わたし》はこのとき初《はじ》めて自身《じしん》が大村明《おおむらあきら》、そしてリョウの生《う》まれ変《か》わりであることを知《し》り、私《わたし》の目《め》に過去世《かこせ》である大村明《おおむらあきら》の記憶《きおく》、前世《ぜんせ》であるリョウの記憶《きおく》、そして、カラスとして生《い》きた記憶《きおく》が次々《つぎつぎ》と浮《う》かんだ。**

「はい」

私《わたし》は返事《へんじ》をするが、声《こえ》に力《ちから》が入《はい》らなかった。

**お前《まえ》の魂《たましい》は三度《さんど》の一生《いっしょう》を経《へ》たが、全《すべ》て悔《く》いの残《のこ》る一生《いっしょう》だったな。**

私《わたし》は長《なが》い間《ま》を置《お》いて答《こた》えた。

「そのとおりです」

大村明《おおむらあきら》のときは、最後《さいご》の打席《だせき》でホームランを打《う》てばサイクルヒットを達成《たっせい》し、俊太《しゅんた》との約束《やくそく》を果《は》たせたのだが、結局達成《けっきょくたっせい》できぬまま死《し》に、リョウのときは、サダトさんに会《あ》う直前《ちょくぜん》で死《し》に、そしてカラスだったときは、ミサをタカシクンのもとに連《つ》れて行《い》こうとした矢先《やさき》、人間《にんげん》の子供《こども》に襲《おそ》われ死《し》んだ……。

どうして私《わたし》は、夢《ゆめ》や目的《もくてき》を果《は》たす一歩手前《いっぽてまえ》で死《し》ぬという一生《いっしょう》ばかりなのだろう。

残酷《ざんこく》な運命《うんめい》、宿命《しゅくめい》である。

本来《ほんらい》お前《まえ》の魂《たましい》は『分《わ》かれ道《みち》』ではなく、すでに新《あら》たな人間《にんげん》、動物《どうぶつ》、いや植物《しょくぶつ》かもしれん、とにかくまた新《あら》たに何《なに》かに生《う》まれ変《か》わっていなければならないのだが、困難《こんなん》な一生《いっしょう》ばかりを経《へ》てきたお前《まえ》に、少《すこ》し時間《じかん》を与《あた》えてやろうと思《おも》ってな。

「時間《じかん》？」

大村明《おおむらあきら》の時代《じだい》に戻《もど》り、最後《さいご》の打席《だせき》に挑《いど》むか、リョウの時代《じだい》に戻《もど》り、死《し》んだサダトに会《あ》うか、カラスのときに戻《もど》り、美沙《みさ》を孝志《たかし》のもとに連《つ》れて行《い》くか。

選《えら》べるのはたった一《ひと》つ、目的《もくてき》を果《は》たした瞬間《しゅんかん》に、もう一度《いちど》お前《まえ》は死《し》ぬ。

しかし、ただでは戻《もど》さぬ。

もし過去《かこ》に戻《もど》ることを選択《せんたく》した場合《ばあい》、お前《まえ》はもう二度《にど》と生《う》まれ変《か》わることはない。つまり、魂《たましい》すら消《き》えるということだ。

さて、どうする。生《う》まれ変《か》わることを犠牲《ぎせい》にして、たった一《ひと》つだけ目的《もくてき》を果《は》たすか、それとも新《あら》たな一生《いっしょう》を歩《あゆ》むか……。

私《わたし》が今《いま》いる場所《ばしょ》は白《しろ》い部屋《へや》、空間《くうかん》であるが、この瞬間《しゅんかん》、私《わたし》の目《め》にもはっきりと二叉《ふたまた》の『分《わ》かれ道《みち》』が見《み》えた。

私《わたし》はいったいどれだけの時間迷《じかんまよ》っていただろう。

とても苦《くる》しい選択《せんたく》であったが、

「新《あら》たに生《う》まれ変《か》わることは望《のぞ》みません」

迷《まよ》いなく答《こた》えた。

「私《わたし》は、ミサをタカシクンのもとに連《つ》れて行《い》くことを、望《のぞ》みます」

私《わたし》は、俊太《しゅんた》のためにホームランを打《う》ってあげたいし、私《わたし》たちの命《いのち》を陰《かげ》で支《ささ》えてくれていたサダトさんに会《あ》いたい。

でも、サダトさんに会《あ》うという夢《ゆめ》は自分《じぶん》だけが満足《まんぞく》する夢《ゆめ》だし、俊太《しゅんた》には、ホームランを打《う》たなくてもきっと私《わたし》の気持《きも》ちが届《とど》いたはず、俊太《しゅんた》は決《けっ》して自分《じぶん》に負《ま》けていないと信《しん》じる。

でも、ミサにはもうあまり時間《じかん》がない気《き》がするのだ。私《わたし》はカラスの時代《じだい》に戻《もど》り、ミサの希望《きぼう》を叶《かな》えてあげたい。

**そうか、生《う》まれ変《か》わることは望《のぞ》まず、しかもあえてカラスに戻《もど》ることを選《えら》ぶか。先《さき》にも言《い》ったように、目的《もくてき》を果《は》たした瞬間《しゅんかん》にお前《まえ》は死《し》に、もう二度《にど》と生《う》まれ変《か》わることはないが、それでいいか？**

「はい、悔《く》いはありません」

私《わたし》がそう答《こた》えると、かすかであるが、**フフフッ**と笑《わら》い声《ごえ》が聞《き》こえた。

あえてカラスに戻《もど》るか。なかなかおもしろい。

お前《まえ》のその勇気《ゆうき》を認《みと》め、一《ひと》つだけ教《おし》えてやろう。

「何《なん》でしょう」

お前《まえ》の予期《よき》しているとおり、美沙《みさ》はもう長《なが》くはない。一ヶ月後《いっかげつご》の九月十一日《くがつじゅういちにち》に死《し》ぬことになっている。そのため、お前《まえ》の選択《せんたく》は、間違《まちが》ってはいないのかもしれないな。

「一ヶ月後《いっかげつご》……ミサはたった、一ヶ月《いっかげつ》しか生《い》きられないのですか」

心配《しんぱい》するな。美沙《みさ》は死《し》んでも、また新《あら》たに生《う》まれ変《か》わる。お前《まえ》とは違《ちが》い、再《ふたた》び人間《にんげん》にな。

そう言《い》われても私《わたし》は簡単《かんたん》に受《う》け入《い》れることができず、

「どうか、どうかミサの命《いのち》を助《たす》けていただくことはできないでしょうか？　お願《ねが》いします、ミサはまだ子供《こども》——」

それは無理《むり》だ。

美沙《みさ》が九月十一日《くがつじゅういちにち》に死《し》ぬことは、宿命《しゅくめい》なのだからな。

そう告《つ》げられた瞬間《しゅんかん》、私《わたし》は自身《じしん》の魂《たましい》が空間《くうかん》から消《き》えたのを知《し》った。

＊　　＊　　＊

私《わたし》の魂《たましい》がカラスの身体《からだ》に戻《もど》り、目《め》を開《あ》けたとき、私《わたし》は、かつて妻《つま》の亡骸《なきがら》があった場所《ばしょ》で倒《たお》れており、死《し》んでからどれだけ経《た》ったか定《さだ》かではないが、弟《おとうと》と四羽《よんわ》の子供《こども》たちが私《わたし》を囲《かこ》んで悲《かな》しそうに鳴《な》いていた。

私《わたし》は、本当《ほんとう》に生《い》き返《かえ》ったことに驚《おどろ》き、しばらく倒《たお》れたまま動《うご》けなかった。

弟《おとうと》と子供《こども》たちも、突然《とつぜん》私《わたし》が目《め》を開《あ》けたものだから、羽《はね》を大《おお》きく広《ひろ》げて後《あと》ずさった。

頭《あたま》から血《ち》は流《なが》れているものの身体《からだ》に痛《いた》みはなく、私《わたし》は起《お》き上《あ》がると、少《すこ》し離《はな》れた場所《ばしょ》で私《わたし》を見《み》ている弟《おとうと》と子供《こども》たちを呼《よ》んだ。

弟《おとうと》と子供《こども》たちは不思議《ふしぎ》そうに私《わたし》のもとにやってきて、本当《ほんとう》に生《い》き返《かえ》ったことを知《し》ると歓喜《かんき》の声《こえ》で鳴《な》いた。

私《わたし》は子供《こども》たちのその姿《すがた》を愛《いと》おしく思《おも》うが、それ以上《いじょう》に、寂《さび》しさと悲《かな》しみを胸《むね》に抱《いだ》いていた。

ミサをタカシクンのもとに連《つ》れて行《い》ったら再《ふたた》び私《わたし》は死《し》ぬ。

ほんの数時間《すうじかん》で、また子供《こども》たちと別《わか》れることになるだろう。

本音《ほんね》を言《い》えば、まだ子供《こども》たちと一緒《いっしょ》にいたい。でも私《わたし》はすぐにミサのもとへ向《む》かおうと思《おも》う。

私《わたし》は子供《こども》たちのために現世《げんせ》に舞《ま》い戻《もど》ったのではない、魂《たましい》を犠牲《ぎせい》にして蘇《よみがえ》ったのは、あくまでミサのためだ。

私《わたし》は黒《くろ》い羽《はね》を広《ひろ》げ飛《と》び上《あ》がった。

人間《にんげん》の子供《こども》にやられた痛《いた》みはまったく感《かん》じないが、やはり羽《はね》は弱《よわ》いままである。

私《わたし》は弟《おとうと》と子供《こども》たちについてこいと鳴《な》き、不器用《ぶきよう》に飛行《ひこう》した。


やっとの思《おも》いで病院《びょういん》に到着《とうちゃく》し、私《わたし》の瞳《ひとみ》に、ベッドに横《よこ》たわるミサの姿《すがた》が映《うつ》った。

蒼白《あおじろ》い顔《かお》をしたミサは起《お》きてはいるが、テレビを観《み》るわけでも、本《ほん》を読《よ》むわけでもなく、ただぼんやりと遠《とお》くのほうを見《み》つめている。

まだ幼《おさな》い子供《こども》だというのに、全《すべ》てに絶望《ぜつぼう》したようなそんな顔《かお》をしている。

私《わたし》はミサに、呼《よ》びかけるようにして鳴《な》いた。するとミサはすぐに私《わたし》たちの存在《そんざい》に気《き》づき、ナースコールを押《お》した。

いつもミサの面倒《めんどう》を見《み》ている看護師《かんごし》が病室《びょうしつ》にやってくると、ミサは看護師《かんごし》の手《て》を借《か》りて車《くるま》イスに座《すわ》り、窓《まど》ガラスを開《あ》けた。

ミサの顔《かお》はすっかり痩《や》せこけてしまっているが、さっきとは打《う》って変《か》わって笑顔《えがお》を見《み》せてくれた。

「カンちゃんたち来《き》てくれたのね、嬉《うれ》しい」

私《わたし》はこのとき初《はじ》めて知《し》った。

私自身《わたしじしん》は相変《あいか》わらず鳴《な》くことしかできないが、人間《にんげん》の言葉《ことば》の意味《いみ》が分《わ》かるようになっていることを。

「ずっと待《ま》ってたのよ、いつもより遅《おそ》かったわね、どうして？」

言葉《ことば》の意味《いみ》が分《わ》かるのに、話《はな》せないのがとてももどかしい。

もっとも、事情《じじょう》を説明《せつめい》することはできないが……。

私《わたし》は、ミサを見《み》ているだけで胸《むね》が張《は》り裂《さ》ける思《おも》いであった。

もうじき訪《おとず》れるミサとの別《わか》れも辛《つら》いが、それ以上《いじょう》にミサが不憫《ふびん》でならなかった。

私《わたし》は無意識《むいしき》のうちにミサとの日々《ひび》を振《ふ》り返《かえ》っており、ふと気《き》づくと、ミサも何《なに》かを思《おも》い出《だ》しているかのような、そんな表情《ひょうじょう》を浮《う》かべていた。

私《わたし》と目《め》が合《あ》うとミサは、私《わたし》たちの頭《あたま》を優《やさ》しく撫《な》で、

「カンちゃん、モモちゃん、マキちゃん、シバちゃん、ゴンちゃん、ハクちゃん、今《いま》までありがとうね」

と言《い》ったのだった。

私《わたし》は、ミサも自身《じしん》の『宿命《しゅくめい》』を感《かん》じ取《と》っているのだと悟《さと》った。

心《こころ》の中《なか》で泣《な》く私《わたし》に、ミサが言《い》った。

「カンちゃんたち、お腹空《なかす》いているでしょう？　引《ひ》き出《だ》しの中《なか》にお菓子《かし》があるの」

ミサはそう言《い》うと棚《たな》の引《ひ》き出《だ》しを開《あ》けてお菓子《かし》の入《はい》った袋《ふくろ》を取《と》り出《だ》し、いつものように私《わたし》たちに食料《しょくりょう》を与《あた》えてくれた。

何《なに》も知《し》らない弟《おとうと》と子供《こども》たちは喜《よろこ》んでお菓子《かし》を食《た》べているが、私《わたし》はさまざまな思《おも》いが込《こ》み上《あ》げ、お菓子《かし》を食《た》べることができない。

「カンちゃん、どうしたの？　元気《げんき》ないわね」

心配《しんぱい》というよりも、このときのミサの表情《ひょうじょう》はどこか悲《かな》しげであった。

私《わたし》はそんなミサを見《み》たくなくて、くちばしでお菓子《かし》を咥《くわ》えるが、これが最後《さいご》だと思《おも》うと喉《のど》を通《とお》らない。

私《わたし》とミサとの時間《じかん》は残《のこ》りわずかであり、私《わたし》はミサとの一分一秒《いっぷんいちびょう》を大切《たいせつ》にしようと思《おも》うが、どうしても普段《ふだん》どおりに接《せっ》することができなかった。

ミサの手《て》にあるお菓子《かし》の袋《ふくろ》が空《から》っぽになったと同時《どうじ》に、私《わたし》は決心《けっしん》した。

私《わたし》たちを見《み》つめるミサの袖《そで》を、私《わたし》はクイクイと引《ひ》っ張《ぱ》った。

「カンちゃん、どうしたのよ」

ミサが私《わたし》に問《と》うた、そのときだった。

運悪《うんわる》く、ミサの母親《ははおや》が病室《びょうしつ》にやってきたのだ。

ミサの母親《ははおや》は私《わたし》たちの姿《すがた》を見《み》るなり悲鳴《ひめい》を上《あ》げた。

弟《おとうと》と子供《こども》たちはとっさに空《そら》に舞《ま》い上《あ》がったが、私《わたし》はミサから離《はな》れなかった。

ミサの母親《ははおや》は身体《からだ》を震《ふる》わせながら私《わたし》たちを睨《にら》みつけている。

「病院《びょういん》にまでやってくるなんて！」

今《いま》にも襲《おそ》いかかってきそうな勢《いきお》いであるが、それでも私《わたし》は逃《に》げなかった。

「美沙《みさ》！　何度《なんど》言《い》えば分《わ》かるのよ！　カラスは汚《きたな》いの！　早《はや》く追《お》い出《だ》しなさい！」

私《わたし》は心臓《しんぞう》を貫《つらぬ》かれたような思《おも》いであったが、

「お母《かあ》さん、カンちゃんたちは私《わたし》の大事《だいじ》なお友達《ともだち》だって言《い》ってるでしょう」

ミサがいつもそう言《い》ってくれていたことを知《し》った私《わたし》は、熱《あつ》いものが込《こ》み上《あ》げた。

ありがとう、ミサ。

心《こころ》の中《なか》でそう言《い》った瞬間《しゅんかん》、ミサの母親《ははおや》が右手《みぎて》に持《も》っているバッグを振《ふ》り回《まわ》して襲《おそ》いかかってきた。

「出《で》て行《い》け！　出《で》て行《い》け気持《きも》ち悪《わる》い！」

私《わたし》はフワリと舞《ま》い上《あ》がり、ミサの母親《ははおや》の頭《あたま》をくちばしで強《つよ》く突《つ》いた。

母親《ははおや》は一瞬《いっしゅん》怯《ひる》んだが、今度《こんど》は病室《びょうしつ》にある花瓶《かびん》を手《て》に持《も》ち、大《おお》きく振《ふ》り上《あ》げた。

すると弟《おとうと》よりも先《さき》に、子供《こども》たちが私《わたし》を守《まも》るためミサの母親《ははおや》に向《む》かって行《い》ったのだ。

子供《こど》たちは巣立《すだ》ち間近《まぢか》であるが、まだまだ精神《せいしん》が幼《おさな》く、ひ弱《よわ》だと私《わたし》は思《おも》っていた。そんな子供《こども》たちが人間《にんげん》に立《た》ち向《む》かっていったものだから、私《わたし》は一瞬《いっしゅん》自分《じぶん》が何《なに》をすべきか忘《わす》れてしまった。

母親《ははおや》の悲鳴《ひめい》が廊下《ろうか》まで響《ひび》くと、医者《いしゃ》や多《おお》くの看護師《かんごし》が駆《か》けつけた。

それでも子供《こども》たちは逃《に》げることはせず、威嚇《いかく》の声《こえ》を発《はっ》しながら母親《ははおや》を攻撃《こうげき》し続《つづ》けた。

「ああ、お願《ねが》い止《や》めて、お母《かあ》さんをいじめないで」

子供《こども》たちは当然《とうぜん》ミサの言葉《ことば》の意味《いみ》が分《わ》からず、ミサの母親《ははおや》の頭《あたま》や手《て》を執拗《しつよう》に突《つ》く。

子供《こども》たちが母親《ははおや》を足止《あしど》めしている隙《すき》に、私《わたし》はミサの右手《みぎて》に降《お》りて、もう一度《いちど》袖《そで》をクイクイと引《ひ》っ張《ぱ》った。

「カンちゃん、どうしたの？　私《わたし》に何《なに》を伝《つた》えたいの？」

しゃべることができない私《わたし》は、何度《なんど》も袖《そで》や襟元《えりもと》を引《ひ》っ張《ぱ》った。するとようやく、

「もしかして、私《わたし》に来《き》てほしいの？」

私《わたし》は、そうだと鳴《な》いた。

「どこに、行《い》くの？」

私《わたし》はとにかく鳴《な》き続《つづ》けた。

「分《わ》かったわ、とても大事《だいじ》なことがあるのね」

ミサはそう言《い》って車《くるま》イスを動《うご》かし、廊下《ろうか》に出《で》た。

「どこへ行《い》くの美沙《みさ》！　待《ま》ちなさい！」

母親《ははおや》が追《お》いかけてくるが、弟《おとうと》と子供《こども》たちが近《ちか》づけさせなかった。

「止《や》めて！　美沙《みさ》は病気《びょうき》なのよ！　美沙《みさ》を死《し》なせる気《き》」

そんなつもりはないんだ。

分《わ》かってほしい、ミサにも私《わたし》にも、もう時間《じかん》が残《のこ》されていないことを。

私《わたし》はミサの前《まえ》を飛《と》び、まずはエレベーターへと先導《せんどう》した。

「誰《だれ》か！　美沙《みさ》を止《と》めて！　このカラスを追《お》い払《はら》って！」

医者《いしゃ》や看護師《かんごし》たちがミサを止《と》めにやってくるが、私《わたし》たちはミサに近《ちか》づけさせぬよう、必死《ひっし》に人間《にんげん》を攻撃《こうげき》した。

しかし徐々《じょじょ》に看護師《かんごし》の数《かず》が増《ふ》え、とうとう男《おとこ》の看護師《かんごし》に車《くるま》イスを止《と》められてしまった。

「待《ま》って、お願《ねが》い行《い》かせて！　カンちゃんはきっと、とても大事《だいじ》なことで私《わたし》を連《つ》れて行《い》こうとしているのよ」

看護師《かんごし》はミサの訴《うった》えを聞《き》き入《い》れず、車《くるま》イスを病室《びょうしつ》に押《お》していく。

私《わたし》たちは一斉《いっせい》に看護師《かんごし》を攻撃《こうげき》するが、無駄《むだ》だというように、私《わたし》たちを右手《みぎて》で強《つよ》く払《はら》った。

待《ま》って、連《つ》れて行《い》かないで。

私《わたし》がそう鳴《な》いた、そのときであった。

廊下《ろうか》に、三十羽《さんじっぱ》近《ちか》いカラスがやってきたのである。

どうやら私《わたし》たちが人間《にんげん》と争《あらそ》っているのを外《そと》から見《み》ていたらしく、助《たす》けにきてくれたのだ。

大勢《おおぜい》の仲間《なかま》たちは男《おとこ》の看護師《かんごし》や、ミサの母親《ははおや》、それに周《まわ》りで見《み》ていた患者《かんじゃ》をも攻撃《こうげき》した。

今《いま》まで人間《にんげん》に苛《いじ》められてきた恨《うら》みを晴《は》らすかのように……。

男《おとこ》の看護師《かんごし》はそれでも車《くるま》イスを放《はな》さなかったが、目《め》を突《つ》かれると大声《おおごえ》を上《あ》げその場《ば》に屈《かが》み込《こ》んだ。

私《わたし》がミサの袖《そで》を引《ひ》っ張《ぱ》ると、ミサはうなずき、小《ちい》さな身体《からだ》で車《くるま》イスを反転《はんてん》させ、再《ふたた》びエレベーターに向《む》かう。

カラスたちは、ミサだけは私《わたし》の仲間《なかま》だと感《かん》じ取《と》っており、ミサ以外《いがい》の人間《にんげん》を執拗《しつよう》に攻《こう》撃《げき》し続《つづ》けた。

人間《にんげん》は必死《ひっし》に抵抗《ていこう》するが、加勢《かせい》に入《はい》ったカラスたちがいったん外《そと》に出《で》て仲間《なかま》を呼《よ》ぶと、次々《つぎつぎ》と他《ほか》の群《む》れがやってきて人間《にんげん》に襲《おそ》いかかり、とうとう人間《にんげん》は戦意《せんい》を喪失《そうしつ》し、多《おお》くの

者《もの》が外《そと》に逃《に》げ出《だ》していった。

ミサが一階《いっかい》に着《つ》いたころには三百羽《さんびゃっぱ》を超《こ》えており、病院内《びょういんない》を支配《しはい》し、人間《にんげん》に勝利《しょうり》したカラスの雄叫《おたけ》びが響《ひび》き渡《わた》る。

床《ゆか》には人間《にんげん》の赤《あか》い血《ち》と、無数《むすう》の黒《くろ》い羽根《はね》。

未《いま》だ病院内《びょういんない》にいる母親《ははおや》たちは戦慄《せんりつ》し、まるで声《こえ》を失《うしな》っているようであった。

ミサが外《そと》に出《で》ようとしていることを知《し》った母親《ははおや》が震《ふる》える声《こえ》で呼《よ》び止《と》めるが、ミサは振《ふ》り返《かえ》るだけで車《くるま》イスを止《と》めることはせず、自動《じどう》ドアを通《とお》り、病院《びょういん》を出《で》たのだった。


やっと病院《びょういん》を出《で》られたね、ミサ。

さあ行《い》こう、タカシクンのところへ。

私《わたし》の心《こころ》の声《こえ》が通《つう》じたのか、ミサは私《わたし》を見《み》つめながらうなずいた。

私《わたし》はミサの前《まえ》を飛《と》び、ミサを先導《せんどう》する。三百羽《さんびゃっぱ》の仲間《なかま》たちも、ミサを護衛《ごえい》するようについてきてくれた。

後《うし》ろにはミサの母親《ははおや》や医者《いしゃ》、それに看護師《かんごし》がおり、全員腕《ぜんいんうで》や足《あし》から血《ち》を流《なが》している。

母親《ははおや》たちはミサを連《つ》れ戻《もど》そうとしているが、私《わたし》たちを恐《おそ》れ、一定《いってい》の距離《きょり》を保《たも》ったまま近《ちか》づいてはこなかった。

「美沙《みさ》、お願《ねが》いだからお母《かあ》さんの言《い》うことを聞《き》いて。病院《びょういん》に戻《もど》るの」

「……」

「美沙《みさ》！」

私《わたし》は心《こころ》が苦《くる》しい。母親《ははおや》の気持《きも》ちが痛《いた》いほど分《わ》かるから。

でも、引《ひ》き返《かえ》すわけにはいかない。ミサに、後悔《こうかい》してほしくないから。

「ねえ、カンちゃん」

私《わたし》は飛《と》びながらミサを振《ふ》り返《かえ》った。

「あなたは、私《わたし》をどこへ連《つ》れていくつもりなの？」

心《こころ》の中《なか》で答《こた》えることはできるが、残念《ざんねん》ながらそれを声《こえ》に出《だ》して伝《つた》えることができず、
私《わたし》はただカーカーと鳴《な》いた。

「とにかくついてこいと言《い》ってるのね、分《わ》かったわ」

少《すこ》しして、ミサが再《ふたた》び口《くち》を開《ひら》いた。

「どこへ行《い》くのか全然《ぜんぜん》分《わ》からないけど、カンちゃん、私《わたし》ね、こんなにワクワクした気分《きぶん》になったの、すごく久《ひさ》しぶりよ」

何《なに》も知《し》らなければ、嬉《うれ》しい言葉《ことば》である。でもミサの運命《うんめい》を知《し》っている私《わたし》は辛《つら》い気持《きも》ちになった。

私《わたし》たちは長《なが》い時間《じかん》をかけてようやくミサの家《いえ》を通《とお》り過《す》ぎ、休《やす》むことなく、タカシクンが住《す》むマンションを目指《めざ》す。

それからさらに進《すす》んでいくと、ミサが辺《あた》りを見渡《みわた》しながら言《い》った。

「もしかしたら初《はじ》めて見《み》るところかもしれないわ。何《なん》だか冒険《ぼうけん》しているみたいね」

ミサは自分《じぶん》が病気《びょうき》であることを忘《わす》れているかのような、弾《はず》んだ声《こえ》で言《い》った。

しかし、気持《きも》ちとは裏腹《うらはら》にだんだん疲《つか》れの色《いろ》が見《み》え始《はじ》める。

徐々《じょじょ》に車《くるま》イスの進《すす》む速度《そくど》が落《お》ち、やがて、止《と》まってしまった。

前《まえ》に行《い》きたい思《おも》いとは裏腹《うらはら》に、ミサは両腕《りょううで》に力《ちから》が入《はい》らないようであった。

私《わたし》は心《こころ》の中《なか》で、ゆっくり、落《お》ち着《つ》いて、と声《こえ》をかけるが、ミサは少《すこ》し休《やす》んだだけで再《ふたた》び両腕《りょううで》を動《うご》かした。

上空《じょうくう》で見守《みまも》る三百羽《さんびゃっぱ》のカラスたちが、肩《かた》で息《いき》をしながら少《すこ》しずつ進《すす》むミサを応援《おうえん》する。

気《き》づけば辺《あた》りには大勢《おおぜい》の人間《にんげん》がおり、ほとんどの人間《にんげん》が私《わたし》たちを気味悪《きみわる》がっているが、中《なか》には、ミサがカラスたちに見守《みまも》られている、もしくは共《とも》に行動《こうどう》していると感《かん》じ取《と》ったのだろうか、定《さだ》かではないが、ミサを不気味《ぶきみ》そうに見《み》つめる者《もの》もいた。

ミサは人間《にんげん》の声《こえ》や視線《しせん》など気《き》にせず、弱々《よわよわ》しく、しかし真《ま》っ直《す》ぐ前《まえ》を見据《みす》えながら車《くるま》イスを漕《こ》いで行《い》く。

皆《みな》でミサの身体《からだ》を持《も》ち上《あ》げて、タカシクンの住《す》むマンションまで飛《と》んで行《い》けたらいいのに……。

カラスの私《わたし》には、心《こころ》の中《なか》でミサを励《はげ》ますことしかできない。


ミサは死《し》ぬほど苦《くる》しかったであろう。でも一切弱音《いっさいよわね》は吐《は》かず、ミサは自分一人《じぶんひとり》の力《ちから》で車《くるま》イスを漕《こ》ぎ、私《わたし》を信《しん》じてついてきてくれた。

病院《びょういん》を出発《しゅっぱつ》してから、どれだけの時間《じかん》が経《た》っただろうか。

ようやく、タカシクンの住《す》むマンションが見《み》えてきた。

私《わたし》は少《すこ》し速度《そくど》を上《あ》げ、タカシクンの住《す》むマンションの玄関前《げんかんまえ》に降《お》りた。

少《すこ》し遅《おく》れてミサが到着《とうちゃく》し、

「カンちゃん、もしかしてここに連《つ》れてきたかったの？」

私《わたし》はそうだと鳴《な》いた。

目的地《もくてきち》に到着《とうちゃく》したことを感《かん》じ取《と》った三百羽《さんびゃっぱ》のカラスたちは、ねぐらに戻《もど》るのではなく電線《でんせん》に飛《と》び乗《の》った。どうやら最後《さいご》まで付《つ》き合《あ》ってくれるようだ。

私《わたし》はミサの膝《ひざ》の上《うえ》に乗《の》り、弟《おとうと》と子供《こども》たちは車《くるま》イスの上《うえ》に乗《の》った。

ミサの母親《ははおや》や医者《いしゃ》たちは、少《すこ》し離《はな》れた電柱《でんちゅう》の陰《かげ》から様子《ようす》を窺《うかが》っている。母親《ははおや》がミサに声《こえ》をかけるが、電線《でんせん》にいるカラスが鳴《な》いて威嚇《いかく》すると、ピクリと電柱《でんちゅう》の後《うし》ろに顔《かお》を引《ひ》っ込《こ》めた。

「ねえカンちゃん、ここに何《なに》があるっていうの？　私《わたし》、どうしていればいいの？　ここにいるだけでいいの？」

私《わたし》が鳴《な》くと、ミサは首《くび》を傾《かし》げるが、

「分《わ》かったわ」

と言《い》い、優《やさ》しい表情《ひょうじょう》で私《わたし》たちの頭《あたま》を撫《な》でたのだった。

タカシクンは今《いま》きっと学校《がっこう》にいるはず。私《わたし》には正確《せいかく》な時刻《じこく》は分《わ》からないが、夕刻《ゆうこく》であることは確《たし》かであるから、もうそろそろ帰《かえ》ってくるころだと感《かん》じている。しかし、タカシクンはなかなか帰《かえ》ってきてくれない。それでもミサは私《わたし》を信《しん》じ、何《なに》も言《い》わずじっと待《ま》ってくれている。

もしかしたら、タカシクンはもうすでに家《いえ》の中《なか》にいるのであろうか。

それとも、今日《きょう》は学校《がっこう》が休《やす》みなのだろうか？

タカシクンが住《す》んでいる部屋《へや》までは分《わ》からないから、全室《ぜんしつ》のベランダを確《たし》かめに行《い》ってみようか。もし見《み》つけられなければ、ミサをここに残《のこ》して私一人《わたしひとり》で学校《がっこう》に行《い》ってみようか。

そんなことを考《かんが》えていると、少《すこ》し離《はな》れたところから声《こえ》が聞《き》こえてきた。

「うわ、チョーいっぱいカラスいるじゃん、気持《きも》ちわりい」

前方《ぜんぽう》をじっと見《み》つめるミサの口《くち》が開《ひら》いた。

「孝志《たかし》くん、孝志《たかし》くんだ」

丸刈《まるが》りのタカシクンは身体中泥《からだじゅうどろ》だらけで、左手《ひだりて》にはグローブをはめていた。

私《わたし》たちはそっと飛《と》び上《あ》がり、仲間《なかま》たちのいる電線《でんせん》に乗《の》った。

ミサ、タカシクンに会《あ》えて、よかったね。

ミサはハッと私《わたし》たちを見上《みあ》げ、どうして、というような表情《ひょうじょう》を浮《う》かべている。ようやく私《わたし》の気持《きも》ちに気《き》づいてくれたらしく、

「私《わたし》のために……カンちゃんたち、本当《ほんとう》にありがとう」

ミサはそう言《い》って、車《くるま》イスを両腕《りょううで》を動《うご》かした。

「美沙《みさ》！　美沙《みさ》じゃねえか」

ミサはタカシクンの前《まえ》で車《くるま》イスを止《と》め、

「孝志《たかし》くん」

心底嬉《しんそこうれ》しそうな声《こえ》で言《い》った。

「やっと会《あ》えた、何《なん》ヶ月《かげつ》ぶりかなあ」

「おい、それより、どうして俺《おれ》の家《いえ》が分《わ》かったんだ？」

タカシクンは、驚《おどろ》きと戸惑《とまど》いが交《ま》じったような口調《くちょう》で言《い》った。

「お前《まえ》その恰好《かっこう》、もしかして病院《びょういん》を抜《ぬ》け出《だ》してきたのか？」

ミサはうつむき、うなずいた。

「ダメじゃねえか！」

「ごめんなさい」

ミサが沈《しず》んだ声《こえ》で謝《あやま》ると、タカシクンは困《こま》った様子《ようす》を見《み》せ、

「すっげえ顔色《かおいろ》わりいぞ。大丈夫《だいじょうぶ》か？」

優《やさ》しくミサを気遣《きづか》った。

ミサは嬉《うれ》しそうに、

「うん」

「よく一人《ひとり》でここまで来《こ》れたな」

ミサは首《くび》を振《ふ》り、私《わたし》たちを見《み》つめながら言《い》った。

「あの子《こ》たちと一緒《いっしょ》に来《き》たの」

「はあ？」

「あの子《こ》たちが、孝志《たかし》くんのお家《うち》教《おし》えてくれたんだよ」

ミサは真剣《しんけん》に言《い》うが、タカシクンは馬鹿《ばか》にするように笑《わら》った。

「美沙《みさ》、お前何《まえなに》言《い》ってんだ？　そんなわけねえじゃん。俺《おれ》が頭悪《あたまわる》いからって、からかってんだな？」

「違《ちが》うよ、本当《ほんとう》だよ」

「はいはい、それより何《なん》であんなにたくさんカラスいるんだよ。気持《きも》ちわるう」

「そうだよね、信《しん》じられないよね……」

「何《なに》か言《い》ったか？」

ミサはううんと首《くび》を振《ふ》り、

「孝志《たかし》くん、もうすっかり頭《あたま》の怪我《けが》よくなったんだね。よかったね。そんなにお洋服汚《ようふくよご》して、友達《ともだち》と野球《やきゅう》してたの？」

「あ、ああ。美沙《みさ》は、まだ退院《たいいん》できないのか？」

「一度退院《いちどたいいん》したけど、また入院《にゅういん》することになっちゃって……」

「そうだったのか。でも、またすぐ良《よ》くなるだろ？」

ミサの一瞬《いっしゅん》の表情《ひょうじょう》の変化《へんか》に、私《わたし》は気《き》づいていた。

「うん、大丈夫《だいじょうぶ》」

「そうか」

「ねえそれより孝志《たかし》くん、あんなに約束《やくそく》したのに、どうして私《わたし》のお家《うち》に遊《あそ》びにきてくれないの？　どうして何《なに》も言《い》わずに引《ひ》っ越《こ》しちゃったの？」

ミサにそう問《と》われた瞬間《しゅんかん》、タカシクンの顔《かお》から笑《え》みが消《き》え、困《こま》ったように頭《あたま》を掻《か》いた。

「それは……」

「孝志《たかし》くんが退院《たいいん》してから何度《なんど》かお手紙書《てがみか》いたんだよ。でも返事《へんじ》がないからおかしいと思《おも》って、お父《とう》さんとお母《かあ》さんにどうしてもってお願《ねが》いして、孝志《たかし》くんのお家《うち》に連《つ》れて行《い》ってもらったの。そのとき初《はじ》めて、孝志《たかし》くんが引《ひ》っ越《こ》しちゃっていること知《し》ったの」

「ちょっと待《ま》て、俺《おれ》に何度《なんど》も手紙書《てがみか》いてくれたのか？」

「うん」

タカシクンはおかしいというように首《くび》を傾《かし》げたが、一瞬《いっしゅん》ハッとした表情《ひょうじょう》を見《み》せた。

「どうしたの？」

「いや、何《なん》でもねえ」

ミサはタカシクンが何《なに》かを隠《かく》していることに気《き》づき、とても悲《かな》しそうな様子《ようす》を見《み》せた。

「病院《びょういん》で孝志《たかし》くんと仲良《なかよ》くなれたのが私《わたし》は本当《ほんとう》に嬉《うれ》しくて、私《わたし》は孝志《たかし》くんのこと、ずっと本当《ほんとう》の友達《ともだち》だって思《おも》っていたけど……」

「いや、それはよ」

タカシクンが何《なに》かを言《い》おうとしたそのときだった。

「孝志《たかし》」

後《うし》ろから、自転車《じてんしゃ》に乗《の》った女性《じょせい》が手《て》を振《ふ》りながらやってきた。

「げ、母《かあ》ちゃん」

タカシクンの顔色《かおいろ》が一瞬《いっしゅん》にして青《あお》ざめ、タカシクンはなぜかミサの前《まえ》に両手《りょうて》を広《ひろ》げて立《た》ちはだかった。

「何《なに》してるのよ孝志《たかし》」

タカシクンの後《うし》ろにミサがいることを知《し》ったタカシクンの母親《ははおや》の表情《ひょうじょう》が、なぜか急《きゅう》に険《けわ》しくなった。

「あんた！」

ミサは困惑《こんわく》しながらも、

「こんにちは、おばさん」

と丁寧《ていねい》に挨拶《あいさつ》した。

しかしタカシクンの母親《ははおや》は挨拶《あいさつ》を無視《むし》し、何《なに》が気《き》に食《く》わないのか酷《ひど》く興奮《こうふん》しており、ミサの前《まえ》に仁王立《におうだ》ちになった。

「こんなとこまでやってくるなんて！　誰《だれ》から聞《き》いたんだい！」

「おばさん、どうしてそんなに怒《おこ》っているの？」

「うるさい！」

タカシクンの母親《ははおや》は怒声《どせい》を放《はな》つとタカシクンを振《ふ》り返《かえ》り、こう言《い》ったのだ。

「孝志《たかし》、前《まえ》に何度《なんど》も言《い》ったろう、この子《こ》は特別《とくべつ》な病気《びょうき》なんだ。一緒《いっしょ》にいたら病気《びょうき》が伝染《うつ》るって！」

私《わたし》は心臓《しんぞう》を貫《つらぬ》かれた思《おも》いであった。

病気《びょうき》が伝染《うつ》るだなんて、なぜそんな酷《ひど》いことを。

しかも、ミサの目《め》の前《まえ》で……。

「ほら孝志《たかし》、近《ちか》づくんじゃないよ！」

タカシクンの母親《ははおや》はタカシクンの腕《うで》を取《と》ると、二人《ふたり》を強引《ごういん》に引《ひ》き離《はな》した。

「この際《さい》言《い》っておく。いいかい？　孝志《たかし》はあんたと縁《えん》を切《き》ったんだ。もう二度《にど》と来《く》るんじゃないよ」

私《わたし》はどうしても自分《じぶん》が抑《おさ》えられず、電線《でんせん》から飛《と》び降《お》りてタカシクンの母親《ははおや》に向《む》かっていた。

しかし襲《おそ》いかかる直前《ちょくぜん》、

「分《わ》かりました」

ミサの冷静《れいせい》な声《こえ》が聞《き》こえ、私《わたし》は攻撃《こうげき》を止《や》めて地面《じめん》に降《お》り立《た》った。

どうしてだ、ミサ。

「本当《ほんとう》はおばさんにそう思《おも》われていたんですね」

ミサはタカシクンの母親《ははおや》にそう言《い》うと、タカシクンを一瞥《いちべつ》し、

「ごめんね孝志《たかし》くん。私《わたし》、孝志《たかし》くんを困《こま》らせていたんだね」

ミサがあまりに不憫《ふびん》で、私《わたし》は心《こころ》の中《なか》で泣《な》いた。

このとき私《わたし》は、ミサを傷《きず》つけるだけなら、連《つ》れてこないほうがよかったのではないかと思《おも》ってしまった。

「じゃあね、バイバイ孝志《たかし》くん」

ミサが車《くるま》イスを反転《はんてん》させたときだった。

「私《わたし》の子《こ》に、私《わたし》の子《こ》に、何《なん》てこと言《い》うの……」

ずっと離《はな》れたところから見《み》ていたミサの母親《ははおや》が泣《な》きながらやってきたのだ。

「美沙《みさ》がどんな思《おも》いで病気《びょうき》と闘《たたか》っているのか考《かんが》えたことあるんですか！　さっきの言葉《ことば》訂正《ていせい》して！」

タカシクンの母親《ははおや》はまったく聞《き》き入《い》れず、

「あんたがこの子《こ》をここに連《つ》れてきたのね！　まったくいい加減《かげん》にしてくださいよ」

「美沙《みさ》に謝《あやま》って！　謝《あやま》ってください！」

「ああしつこい！　警察《けいさつ》呼《よ》ぶわよ！　孝志《たかし》、警察《けいさつ》」

「もう止《や》めろよ！」

言《い》い争《あらそ》う二人《ふたり》を見《み》かねてタカシクンが叫《さけ》んだ。

「美沙《みさ》が、泣《な》いてるよ」

タカシクンに言《い》われてやっと気《き》づいたミサの母親《ははおや》は、

「ああ、美沙《みさ》、大丈夫《だいじょうぶ》よ」

と歩《あゆ》み寄《よ》るが、タカシクンが押《お》しのけ、ミサの背後《はいご》に立《た》った。

「ごめんな美沙《みさ》、母《かあ》ちゃんが美沙《みさ》にはもう会《あ》うなって言《い》うから俺《おれ》、美沙《みさ》のところに行《い》けなかったけど、でも俺《おれ》は美沙《みさ》のこと、母《かあ》ちゃんみたいには思《おも》ってねえよ」

分《わ》かっている、というふうにミサがうなずくと、タカシクンはゆっくりとミサの車《くるま》イスを押《お》した。

「待《ま》ちなさい孝志《たかし》！　どこ行《い》くの！」

「病院《びょういん》だよ、美沙《みさ》を連《つ》れて行《い》く」

「あんたまだ分《わ》からないの！」

「もう母《かあ》ちゃんは黙《だま》ってろよ！」

タカシクンが怒鳴《どな》り声《ごえ》を上《あ》げると、さっきまで激昂《げきこう》していたのが嘘《うそ》のように母親《ははおや》はシュンとなり、

「孝志《たかし》……」

つぶやくようにして言《い》った。

「美沙《みさ》は俺《おれ》の本当《ほんとう》の友達《ともだち》だから」

そう言《い》って、タカシクンはミサの車《くるま》イスを押《お》したのである。

「なあ美沙《みさ》、病気《びょうき》が良《よ》くなったら、俺《おれ》の友達《ともだち》と一緒《いっしょ》に遊《あそ》ぼうな！」

美沙《みさ》は病気《びょうき》のことを忘《わす》れたように、

「うん」

嬉《うれ》しそうな声《こえ》で返事《へんじ》した。

私《わたし》は一緒《いっしょ》には向《む》かわず、フワリと飛《と》び上《あ》がると再《ふたた》び電線《でんせん》に乗《の》り、二人《ふたり》の後《うし》ろ姿《すがた》を見守《みまも》った。

私《わたし》は一時《いちじ》は後悔《こうかい》したが、タカシクンのミサに対《たい》する気持《きも》ちを知《し》り、やはり二人《ふたり》を会《あ》わせて本当《ほんとう》に良《よ》かったと思《おも》った。

でも、一ヶ月後《いっかげつご》には別《わか》れがやってくる……。

タカシクン、ミサにはもう時間《じかん》が残《のこ》されていないんだ。この一ヶ月間《いっかげつかん》、どうか少《すこ》しでも長《なが》い時間《じかん》、ミサの傍《そば》にいてあげてほしい。

心《こころ》の中《なか》でそう告《つ》げたそのときだった。

私《わたし》の意識《いしき》が急《きゅう》に遠《とお》のき、暗闇《くらやみ》に包《つつ》まれた。

私《わたし》の身体《からだ》が地面《じめん》に落《お》ちてゆくのが分《わ》かる。

そうか、いよいよ別《わか》れのときがやってきたのか……。

私《わたし》は地面《じめん》に落《お》ちるまでの間《あいだ》、ずっとミサのことを思《おも》い浮《う》かべていたのだが、急《きゅう》にそれが、かつて自分《じぶん》が住《す》んでいた島《しま》の住居《じゅうきょ》の中《なか》の風景《ふうけい》に切《き》り替《か》わった。

ボロボロの住居《じゅうきょ》にはミク、カイ、ジュン、それにシュウ先生《せんせい》の姿《すがた》があり、シュウ先生《せんせい》が住居内《じゅうきょない》に棚《たな》を作《つく》ると、その上《うえ》にサダトさんの顔写真《かおじゃしん》を置《お》いたのである。

この人《ひと》が、サダトさん……。

私《わたし》たちの『命《いのち》の恩人《おんじん》』は、髪《かみ》が真《ま》っ白《しろ》で、クマが酷《ひど》く、頬《ほお》も痩《や》せこけてしまっていて、一目見《ひとめみ》ただけで相当苦《そうとうくる》しい人生《じんせい》を歩《あゆ》んできたのが分《わ》かる。

自分《じぶん》たちのせいだと知《し》った私《わたし》はとても心苦《こころぐる》しくなり、サダトさんに申《もう》し訳《わけ》ない気持《きも》ちになるが、写真《しゃしん》をじっと見《み》つめていると、だんだん心《こころ》が安《やす》らいでいった。

それはサダトさんが、私《わたし》が想像《そうぞう》していたとおりとても優《やさ》しそうな顔立《かおだ》ちをしているからである。

自分《じぶん》たちをずっと陰《かげ》で助《たす》けてくれていたサダトさんにお礼《れい》を言《い》うと、今度《こんど》は俊太《しゅんた》の姿《すがた》が見《み》えた。

車《くるま》イスに乗《の》った俊太《しゅんた》は、体育館《たいいくかん》でバスケットの練習《れんしゅう》をしている。まだ慣《な》れない手《て》つきであるが引退試合《いんたいじあい》の前《まえ》に会《あ》ったときとは人《ひと》が変《か》わったように、生《い》き生《い》きとした表情《ひょうじょう》でバスケットをしている。

私《わたし》は、自分《じぶん》の気持《きも》ちが俊太《しゅんた》に伝《つた》わっていたことに安堵《あんど》すると同時《どうじ》に、『死《し》の世界《せかい》』で私《わたし》に時間《じかん》を与《あた》えてくれた方《かた》にお礼《れい》を言《い》った。

リョウの死後《しご》と、大村明《おおむらあきら》の死後《しご》を見《み》せてくれたのは、あの方《かた》に違《ちが》いないから……。

私《わたし》の身体《からだ》が地面《じめん》に叩《たた》きつけられると、弟《おとうと》と子供《こども》たちがやってきて、悲痛《ひつう》な声《こえ》で鳴《な》いた。

少《すこ》し遅《おく》れて仲間《なかま》たちもやってきてくれて、私《わたし》を囲《かこ》んだ。

薄《うす》れゆく意識《いしき》の中《なか》、ミサと、車《くるま》イスを押《お》すタカシクンの姿《すがた》が浮《う》かぶ。

想像《そうぞう》でも、幻《まぼろし》でもない。今《いま》の二人《ふたり》の様子《ようす》がはっきりと見《み》える。

二人《ふたり》の仲《なか》のいい姿《すがた》を見《み》て、私《わたし》は死《し》が迫《せま》っているにもかかわらず、とても落《お》ち着《つ》いた気《き》持《も》ちになれた。

ミサ、こんな別《わか》れ方《かた》は本望《ほんもう》ではないし、もう少《すこ》し一緒《いっしょ》にいたかった。

できれば来世《らいせ》で会《あ》いたいけれど、それは叶《かな》わない。

魂《たましい》と引《ひ》き換《か》えというのが、条件《じょうけん》だから。

でも私《わたし》は後悔《こうかい》していないよ。最後《さいご》にミサに恩返《おんがえ》しできて、心《こころ》の底《そこ》から良《よ》かったと思《おも》っている。

ミサ、私《わたし》はミサの次《つぎ》の人生《じんせい》が、ずっと平和《へいわ》で幸《しあわ》せであることを祈《いの》っている。

さよならミサ。

さよなら弟《おとうと》。

さよなら、子供《こども》たち。

私《わたし》は、ずっとミサに甘《あま》えてきたお前《まえ》たちの将来《しょうらい》がとても心配《しんぱい》であったが、もう心配《しんぱい》はしていない。

自分《じぶん》から人間《にんげん》に立《た》ち向《む》かった勇気《ゆうき》を忘《わす》れず、この先《さき》、どんな困難《こんなん》にもめげない逞《たくま》しい精神《せいしん》と、どんな苦《くる》しい生活《せいかつ》にも打《う》ち勝《か》つ知恵《ちえ》を身《み》につけ、強《つよ》く生《い》きてほしい。

＊　＊　＊

ふと気《き》がついたとき、私《わたし》の目《め》には白《しろ》い天井《てんじょう》が映《うつ》っており、口《くち》には酸素《さんそ》マスクがはめられ、上半身《じょうはんしん》にはたくさんの管《くだ》が付《つ》けられ、すぐ横《よこ》には心電計《しんでんけい》などの医療機器《いりょうきき》が並《なら》んでいた。

私《わたし》はすぐに、ここが病室《びょうしつ》であることを知《し》ったが、酸素《さんそ》マスクからは酸素《さんそ》は出《で》ておらず、心電計《しんでんけい》もオフになっている。

目《め》だけを動《うご》かすと、病室《びょうしつ》の隅《すみ》っこには父親《ちちおや》と母親《ははおや》がおり、二人《ふたり》とも涙《なみだ》を流《なが》している。

そう、私《わたし》は、泣《な》いている二人《ふたり》が父親《ちちおや》と母親《ははおや》であることは分《わ》かる。

なのに、肝心《かんじん》なことが分《わ》からない。

私《わたし》はいったい、誰《だれ》なのだろう。どうして、病室《びょうしつ》にいるのだろう……？

思《おも》い出《だ》せない。一部《いちぶ》の記憶《きおく》が削除《さくじょ》されているかのようだった。

今《いま》まで、とても長《なが》い時間眠《じかんねむ》っていたような気《き》がするのだが、気《き》のせいだろうか。

私《わたし》は、酸素《さんそ》マスクがとても窮屈《きゅうくつ》に感《かん》じ、右手《みぎて》で酸素《さんそ》マスクを外《はず》した。

するとそれに気《き》づいた二人《ふたり》が、

「美沙《みさ》！」

同時《どうじ》に叫《さけ》び、慌《あわ》ててこちらにやってきた。

私《わたし》は二人《ふたり》とは対照的《たいしょうてき》に、ミサっていうんだ、と冷静《れいせい》に心《こころ》の中《なか》で言《い》った。

「信《しん》じられないわ、美沙《みさ》が目《め》を開《あ》けたわ！」

目《め》を、開《あ》けた？　私《わたし》は、母親《ははおや》がなぜそれくらいで驚《おどろ》いているのかまったく分《わ》からない。

「せ、先生《せんせい》を呼《よ》んでくる！」

父親《ちちおや》はそう言《い》って病室《びょうしつ》を飛《と》び出《だ》し、わずか数十秒後《すうじゅうびょうご》、医者《いしゃ》を連《つ》れて戻《もど》ってきた。

「先生《せんせい》！　美沙《みさ》が、美沙《みさ》が！」

白衣《はくい》を着《き》た医者《いしゃ》は私《わたし》を見《み》るなり、

「し、信《しん》じられん」

と声《こえ》を洩《も》らした。

何《なに》をそんなに驚《おどろ》いているのだろうと疑問《ぎもん》を抱《いだ》きつつ、私《わたし》はベッドにいるのが退屈《たいくつ》で、上半身《じょうはんしん》を起《お》こすとベッドから下《お》りた。

するとまた三人《さんにん》が愕然《がくぜん》とした表情《ひょうじょう》を見《み》せた。

「美沙《みさ》、どうしてあなた歩《ある》けるの？」

母親《ははおや》にそう言《い》われた私《わたし》は、

「歩《ある》けるからだよ」

と普通《ふつう》に答《こた》えた。

医者《いしゃ》は混乱《こんらん》した様子《ようす》を見《み》せ、

「どうなっているんだ、いったい」

「奇跡《きせき》だ、奇跡《きせき》が起《お》こった！」

私《わたし》は父親《ちちおや》に問《と》うた。

「奇跡《きせき》？　どういうこと？」

「神様《かみさま》が、美沙《みさ》を生《い》き返《かえ》らせてくれたんだよ！」

このとき初《はじ》めて、私《わたし》は自分《じぶん》が一度《いちど》死《し》んだことを知《し》った。

茫然《ぼうぜん》と立《た》ち尽《つ》くす私《わたし》を、父親《ちちおや》と母親《ははおや》が強《つよ》く抱《だ》きしめた。

私《わたし》は頭《あたま》の中《なか》で、同《おな》じ言葉《ことば》を何度《なんど》も繰《く》り返《かえ》していた。

一度《いちど》死《し》んで、生《い》き返《かえ》った……。

何《なに》も思《おも》い出《だ》せないけれど、とにかくそうらしい。

ふと医者《いしゃ》と目《め》が合《あ》うと、ずっと金縛《かなしば》りに遭《あ》ったかのように動《うご》かなかった医者《いしゃ》が、かすかに震《ふる》えながら言《い》った。

「検査《けんさ》を、すぐに検査《けんさ》を行《おこな》いましょう」

父親《ちちおや》と母親《ははおや》が返事《へんじ》をし、私《わたし》の手《て》を取《と》った。

私《わたし》は検査《けんさ》の必要《ひつよう》などないと思《おも》ったが、黙《だま》って医者《いしゃ》について行《い》った。

医者《いしゃ》がドアを開《ひら》き、

「どうぞ」

と案内《あんない》する。

私《わたし》は父親《ちちおや》と母親《ははおや》に連《つ》れられ、一緒《いっしょ》に部屋《へや》を出《で》た。

そのときだった。

後《うし》ろからカラスの鳴《な》き声《ごえ》がし、私《わたし》は足《あし》を止《と》めて振《ふ》り返《かえ》った。

五羽《ごわ》のカラスがフワリフワリと飛《と》びながら、カーカーと鳴《な》いている。

まるで私《わたし》を呼《よ》んでいるように。

カラスが現《あらわ》れた瞬間《しゅんかん》、医者《いしゃ》は怯《おび》えるような様子《ようす》を見《み》せ、母親《ははおや》はカラスに向《む》かって、

「また来《き》たわ」

忌《い》み嫌《きら》うように言《い》った。

私《わたし》は両親《りょうしん》の手《て》を離《はな》し、引《ひ》きつけられるようにしてカラスのもとに向《む》かう。

五羽《ごわ》のカラスたちは鳴《な》くのを止《や》め、じっと私《わたし》を見《み》つめている。

後《うし》ろから母親《ははおや》が何《なに》か言《い》っているが、私《わたし》は母親《ははおや》の言《い》うことはきかず、五羽《ごわ》のカラスをじっと眺《なが》めた。

なぜなら、両親《りょうしん》や医者《いしゃ》とは違《ちが》い、この五羽《ごわ》のカラスを見《み》ていると、とても心《こころ》が和《なご》むのだ。

不思議《ふしぎ》だ。この五羽《ごわ》のカラスのことを、私《わたし》はまったく知《し》らないというのに……。

でも、強《つよ》く感《かん》じる。

この子《こ》たちは私《わたし》にとって特別《とくべつ》な存在《そんざい》であり、ずっと昔《むかし》から固《かた》い絆《きずな》で結《むす》ばれていたんだ、と。

●この物語はフィクションであり、実在する事件・個人・組織などとは一切関係ありません。

●初出
「ブラック」
単行本（書き下ろし）　二〇一一年七月、文芸社
文庫　二〇一五年十二月、文芸社
＊小学館ジュニア文庫収録にあたり、文芸社文庫版をもとに改稿

Shogakukan Junior Bunko

★小学館ジュニア文庫★

# ブラック

2017年10月30日　初版第1刷発行

著者／山田悠介
イラスト／わんにゃんぷー

発行人／立川義剛
編集人／吉田憲生
編集／山口久美子

発行所／株式会社　小学館
〒101-8001　東京都千代田区一ツ橋2－3－1
電話　編集　03-3230-5105
販売　03-5281-3555

印刷・製本／中央精版印刷株式会社

デザイン／世古口敦志（coil）


Printed in Japan　ISBN 978-4-09-231198-5